都是赢家

中美举行知识产权问题谈判

曾 勋 编写

吉林出版集团有限责任公司

图书在版编目（CIP）数据

都是赢家：中美举行知识产权问题谈判/曾勋编.

—长春：吉林出版集团有限责任公司，2010.3

（共和国故事）

ISBN 978-7-5463-2644-3

Ⅰ.①都… Ⅱ.①曾… Ⅲ.①纪实文学－中国－当代 Ⅳ.①I25

中国版本图书馆 CIP 数据核字（2010）第 045913 号

都是赢家——中美举行知识产权问题谈判

编写　曾勋

责编　祖航

出版发行　吉林出版集团有限责任公司

印刷　北京楠海印刷厂

版次　2011 年 3 月第 1 版　　　2016年3月第7次印刷

开本　710mm×1000mm　1/16　　　印张　8　字数　69 千

书号　ISBN 978-7-5463-2644-3　　　定价　29.80 元

社址　长春市人民大街 4646 号　　　邮编　130021

电话　0431－85618720　　　传真　0431－85618721

电子邮箱　sxwh00110@163.com

前　言

　　自 1949 年 10 月 1 日中华人民共和国成立至今,新中国已走过了 60 年的风雨历程。历史是一面镜子,我们可以从多视角、多侧面对其进行解读。然而有一点是可以肯定的,那就是,半个多世纪以来,在中国共产党的领导下,中国的政治、经济、军事、外交、文化、教育、科技、社会、民生等领域,都发生了深刻的变化,中国人民站起来了,中华民族已屹立于世界民族之林。

　　60 年是短暂的,但这 60 年带给中国的却是极不平凡的。60 年的神州大地经历了沧桑巨变。从开国大典到 60 年国庆盛典,从经济战线上的三大战役到经济总量居世界第三位,从对农业、手工业、资本主义工商业的三大改造到社会主义市场经济体制的基本确立,从宜将剩勇追穷寇到建立了强大的国防军,从废除一切不平等条约到独立自主的和平外交政策,从"双百"方针到体制改革后的文化事业欣欣向荣,从扫除文盲到实施科教兴国战略建设新型国家,从翻身解放到实现小康社会,凡此种种,中国人民在每个领域无不留下发展的足迹,写就不朽的诗篇。

　　60 年的时间在历史的长河中可谓沧海一粟。其间究竟发生了些什么,怎样发生的,过程怎样,结果如何,却非人人都清楚知道的。对此,亲身经历者或可鲜活如昨,但对后来者来说却可能只是一个概念,对某段历史的记忆影像或不存在或是模糊的。基于此,为了让年轻人,特别是青少年永远铭记共和国这段不朽的历史,我们推出了这套《共和国故事》。

《共和国故事》虽为故事,但却与戏说无关,我们不过是想借助通俗、富于感染力的文字记录这段历史。这套 500 册的丛书汇集了在共和国历史上具有深刻影响的 500 个重大历史事件。在丛书的谋篇布局上,我们尽量选取各个时代具有代表性的或深具普遍意义的若干事件加以叙述,使其能反映共和国发展的全景和脉络。为了使题目的设置不至于因大而空,我们着眼于每一重大历史事件的缘起、过程、结局、时间、地点、人物等,抓住点滴和些许小事,力求通透。

历史是复杂的,事态的发展因素也是多方面的。由于叙述者的视角、文化构成不同,对事件的认知或有不足,但这不会影响我们对整个历史事件的判断和思考,至于它能否清晰地表达出我们编辑这套书的本意,那只能交给读者去评判了。

这套丛书可谓是一部书写红色记忆的读物,它对于了解共和国的历史、中国共产党的英明领导和中国人民的伟大实践都是不可或缺的。同时,这套丛书又是一套普及性读物,既针对重点阅读人群,也适宜在全民中推广。相信它必将在我国开展的全民阅读活动中发挥大的作用,成为装备中小学图书馆、农家书屋、社区书屋、机关及企事业单位职工图书室、连队图书室等的重点选择对象。

编　者

2010 年 1 月

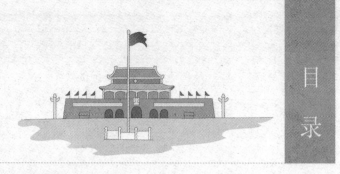

一、中美签署备忘录

邓小平与卡特签署协定/002

中美签订贸易协定/005

佟志广与梅西展开舌战/010

佟志广对记者发表谈话/017

中国贸易团在华盛顿同美方谈判/023

中方声明反对美方无理行径/027

中美举行第五轮谈判/032

吴仪在谅解备忘录上签字/036

二、中国平息贸易战

李岚清说中美能达成协议/044

中美知识产权研讨会召开/049

佟志广与希尔斯斗智斗勇/053

中美签署市场准入备忘录/059

中方积极履行相关义务/063

法律专家驳斥美方代表言论/069

中美再举行知识产权谈判/075

三、中方拿下双赢战

中方拟定反报复措施清单/082

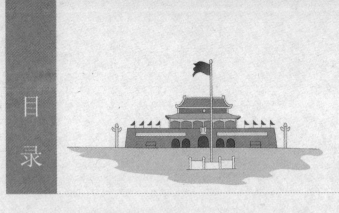

目 录

外经贸部发言人严正表明中方立场/086

中方把美方拉回到谈判桌上/090

吴仪复函坎特同意谈判/095

中美代表在北京进行磋商/099

中美达成知识产权协议/103

吴仪正式在协议上签字/106

中方积极履行协议义务/110

一、 中美签署备忘录

● 邓小平说："我们刚刚完成了一项有意义的工作，但是这不是一个结束，而是一个开始。"

● 中方代表严正指出："我国的著作权法是国内法。何时修订、如何修订是自己的事，外国无权干涉。"

● 佟志广说："中国是十分重视保护知识产权的，立法的速度之快是世界少见的，可谓三步并作一步走。"

邓小平与卡特签署协定

1979 年 1 月 31 日，中国副总理邓小平和美国总统卡特在中华人民共和国政府和美利坚合众国政府之间达成的一项科技合作协定和一项文化协定上签字。签字仪式是在白宫举行的。

中国方面出席签字仪式的包括邓小平的随行人员和中国驻美联络处官员。

美国副总统蒙代尔、总统国家安全事务助理布热津斯基，以及一些内阁成员、参议员和众议员也出席了签字仪式。

根据这项为期 5 年的科技合作协定，中国和美国将在平等、互惠和互利的基础上，在农业、能源、空间、卫生、环境、地学、机械等科技领域以及管理、教育和人员交流等方面进行合作。

双方鼓励中美两国政府机构、大学以及其他组织和机构之间的联系和合作，并提供便利。中美将立即简化双方人员和设备的入境和出境手续。

签字仪式结束后，卡特和邓小平都发表了讲话。

卡特说：

有一个强大而稳固的、对世界事务作出建

设性贡献的中国，是符合我们的利益的；有一个参与全球性事务的、自信而强大的美国，也是符合中国的利益的。

他说："过去三天内我们所共同取得的成就是异乎寻常的"，"我们已经为朝着建立一种更坚定、更富有建设性和更有希望的关系前进绘制了一条新的和不可逆转的航线"。

卡特强调说：

> 尽管我们各自执行独立的外交政策，我们在许多地方分别采取的行动能够对相同的目标作出贡献。这些目标就是：一个既有安全又有和平的世界，一个多样化和稳定的世界，一个由不受外来统治的独立国家组成的世界。我们两国都特别关心促进东亚地区人民的和平与繁荣。

邓小平在讲话中说：

> 我们刚刚完成了一项有意义的工作，但是这不是一个结束，而是一个开始。我们曾经预期在中美关系正常化以后，两国的友好合作将在广泛的领域里迅速地开展。今天所签订的协

定就是我们的第一批成果。但是，在我们两国之间还有许多合作的领域有待我们去开辟，许多渠道有待我们去沟通。我们还要继续努力。

邓小平接着说：

我相信，各个国家之间的联系和合作的不断扩大，各国人民之间的往来和了解不断加深，应能有助于我们的这个世界安全一些，稳定一些，和平一些。因此，我们刚刚完成的工作不但有利于中美人民，也有利于世界人民。

在这之前，中美两国之间还签订了另外两项协定。一项是高能物理协定，由中国副总理兼国家科学技术委员会主任方毅和美国能源部长詹姆斯·施莱辛格签字。另一项是领事协定，由中国外交部长黄华和美国国务卿万斯签字。

中国科学院与美国政府有关部门签订的《中美高能物理协定》，是中国与外国签订的第一个涉及知识产权保护的协定。

当时，协定要求还没有著作权法的中国在高能物理的科技合作领域对美国作品按《世界版权公约》的标准提供版权保护。

中美签订贸易协定

　　1979 年 5 月 16 日，美国商务部长朱厄妮塔·克雷普斯在同中国方面签署了厚厚一叠文件之后，在广州白云机场向前来送行的中国主人热情告别。

　　克雷普斯部长一行的这次来访，是继布卢门撒尔财长访华之后的又一次商讨美中经济贸易实质性问题的访问。在为期 10 天的访问中，通过双方的共同努力，中美两国政府草签了两国贸易协定，正式签署 30 年前遗留下来的关于解决资产要求的协议和互办贸易展览的协议。

　　中美贸易协定是朱厄妮塔·克雷普斯部长一行这次访华所签署的文件中最重要的文件。这项协定对进一步推动中美经济贸易关系向前发展，具有很大意义。

　　在开始谈判贸易协定时，由于两国的情况和条件不同，存在着不少的困难。可是，在克雷普斯部长离丌中国之前，中美两国政府终于在谈判中克服了种种困难，达成了一致意见。

　　参加谈判的中方人士对记者说，中美双方都抱有彼此谅解和合作的态度，做出了不懈的努力。在贸易协定谈判的整个过程中，都以积极的、向前看的态度来推动两国经济贸易关系向前发展。

　　1979 年 7 月 7 日，中美两国政府在北京签署《中华人民共和国和美利坚合众国贸易关系协定》。

国务院副总理余秋里出席签字仪式。中国外贸部长李强和美国驻中国大使伍德科克分别代表本国政府在协定上签字。

李强部长在签字以后的讲话中指出，中美贸易协定是双方共同努力的成果。它将有助于推动两国经济贸易关系和友好关系的发展。他说：

> 我们希望在协定签署之后，双方为尽快完成协定生效的必要法律手续而继续努力，为促进双边贸易的相互扩大发挥实际的作用。

伍德科克大使说：

> 我们希望和期待贸易协定将为两国间的来往贸易继续有秩序地、迅速地发展打下坚实基础，这是符合中美两国人民共同利益的。这将为进一步密切两国的长期经济关系扫除障碍，铺平道路。

美国商务部长朱厄妮塔·克雷普斯从美国打电报给李强部长，对中美贸易协定签字表示祝贺。她说："今天签署这一协定是一个重要事件，它将加强我们两国的经济联系。"她在电报中表示，她期待着李强部长不久访问美国，"继续我们在北京开始的如何发展贸易的商谈"。

在中美两国建立外交关系以后半年多一点的时间内，双方已签署了包括贸易协定在内的 13 个协定、协议和议定书。两国的关系在贸易、文化、科技合作等广泛的领域内有了实质性的发展。

同年 10 月 26 日，美国州长访华团一行结束访华时在上海发表声明，要求国会批准中美贸易协定。

声明是由访华团的发言人、密执安州州长威廉·米利肯代表全团宣读的。

米利肯说：

> 国会批准给中国以最惠国待遇，对增加中美贸易和改善中美关系都是很重要的……我们对增加贸易的潜力和加强同中国的关系能给美国带来的整个好处有深刻的印象。

米利肯说：

> 美国有能力大大增加对华贸易和在中国的现代化中发挥巨大作用。但是贸易的增加将是逐步的，不会突然间就大增起来。

这位州长接着说：

　　我们看到了明显的证据，说明对经济关系采取了新的讲究实际的做法，这种关系是中国当前现代化政策的基础。

　　1980年1月24日，美国国会参众两院先后批准了中美贸易协定，从而完成了使协定生效所需的立法程序。

　　众议院表决结果是294票赞成，88票反对；参议院表决结果是74票赞成，8票反对。

　　许多议员在表决前的辩论中指出，这项条约对美中两国都有好处，而且有利于促进世界的稳定与和平。协定规定美国在贸易往来中给予中国"最惠国待遇"。

　　《中美贸易协定》，是中美两国政府所签订的第一个政府级的涉及知识产权的协定。在该协定中明确提出双方要保护对方的专利权、商标权、版权等知识产权。

　　协定的第六条规定：

　　缔约双方承认在其贸易关系中有效保护专利、商标和版权的重要性。

　　协定的第六条还对商标、专利、版权的获得和保护作了原则规定。根据规定，双方的法人和自然人可在互惠的基础上，依据对方的法律和规章申请商标注册，并获得商标专用权。

　　双方应对对方法人和自然人的商标和专利提供相当

于对本国国民的保护。双方的公司、商号和贸易组织应依据合同保护工业产权，并应依据各自的法律，对未经授权使用此种权利而进行不公正的竞争活动加以限制。双方应对对方法人和自然人的版权提供保护，其保护程度相当于对本国公民的保护。

除了《中美贸易协定》，《中美高能物理协定》也同样写进了保护知识产权的内容。

在这两个协定签订的过程中，美方毫不动摇地执意坚持要在协定中写入有关知识产权保护的条款。在当时，有的人也只懂得美方代表所宣称的是美国总统令，不含知识产权保护条款的科技、文化及贸易的双边协定，他们无权签署。

实际上，更深层次的背景和含义，很多中国人并没有明白。在当时，中国并没有"知识产权"这个词语，很少人知道它究竟为何物。

这正反映出中美两国在知识产权保护问题上的巨大差距，也预示出未来中美两国在知识产权保护领域会发生剧烈冲突。后来的事实也确实是如此。

佟志广与梅西展开舌战

1991年6月11日，美国贸易代表梅西率10个谈判代表抵达北京，揭开中美知识产权谈判的序幕。

在首次谈判中，双方互不相让，激烈交锋。美方代表梅西发言说：

> 贵国大量盗用我国公民的图书、音像制品和计算机软件。仅计算机软件一项，就给我们造成约3亿美元的经济损失。

中国代表团的团长是对外经贸部副部长佟志广，面对咄咄逼人的美方人员，他临危不惧，尖锐地指出：

> 我们承认可能存在着侵犯贵国公民版权的情况，如果确实存在，它会给贵国造成经济损失。但是，这3亿以至4亿美元的数字显然太夸大了。它是怎么算出来的？

美方说：

> 我国的一些公司和受害者提供了这方面的

情况。一家研究机构对此作了认真的调查。损失数额是一个大致的估算。

中方代表则表示：

　　贵国怎么能把私立机构的推算，作为政府制定政策的根据？这样太不严肃了。

美方接着说："贵国听任侵犯版权的问题发生而不予以制止，难道就是严肃的吗？"

中方代表说："我国已经颁布并实施《著作权法》，并颁布了《计算机软件版权保护条例》，这是事实。"

美方代表说：

　　但是，贵国的版权保护水平太低，达不到国际标准。你们对外国人首次在国外发表的作品不予保护。你们不把计算机软件作为文字作品进行保护。你们对计算机软件版权保护的期限只有25年，而国际惯例是50年，你们必须对《著作权法》作出必要的修订。

这时，中方代表严正指出：

　　我国的《著作权法》是国内法。何时修订、

如何修订是自己的事，外国无权干涉。

美方说："你们必须尽快加入《伯尔尼公约》和《世界版权公约》，用国际标准保护国外的版权。"

中方代表佟志广说：

请问，贵国是什么时候才加入《伯尔尼公约》的？据我们所知，贵国用了100多年时间才在1989年3月1日加入1886年9月9日建立的《伯尔尼公约》，并将贵国的法律按照80多个国家承认的原则作了必须的改动。而我国则在10来年的时间里走完了一些国家几十年、上百年才走完的路，不仅颁布和实施了《著作权法》，而且宣布尽早加入《伯尔尼公约》。

美方代表说：

尽早？有没有一个具体的时限？贵国必须在1992年2月1日前加入。

中方代表坚决地指出：

这个日程表只能由中国自己制定。

这次中美谈判，可以用剑拔弩张来形容，这次谈判的根源，则要追溯到美国为保护本国贸易而颁布的"三〇一条款"。

美国"三〇一条款"有狭义和广义之分，狭义的"三〇一条款"仅指 1974 年修订的贸易法第三〇一条，可称之为"一般三〇一条款"。

广义的"三〇一条款"是指《1988 年综合贸易与竞争法》第一三〇一至一三一〇节的内容，包含关于不公平措施的"一般三〇一条款"、关于知识产权的"特别三〇一条款"、关于贸易自由化的"超级三〇一条款"和具体配套措施，以及"三〇一条款监督制度"。

在这个意义上，美国"三〇一条款"又称其为"三〇一条款制度"。"一般三〇一条款"是美国贸易制裁措施的概括性表述，而"超级三〇一条款"、"特别三〇一条款"、配套条款等是针对贸易具体领域作出的具体规定，构成了美国"三〇一条款"法律制度的主要内容。

"一般三〇一条款"是其他"三〇一条款"的基础，其他"三〇一条款"是"一般三〇一条款"的细化。即使没有其他"三〇一条款"，美国贸易代表一样可以适用"一般三〇一条款"的规定解决贸易争端。

美国贸易法第三〇一条的标题为"美国贸易代表所采取的措施"，这就是"一般三〇一条款"。其内容包括强制措施、自由裁量措施、权力范围、定义与特别规则等。

当外国的法律、政策和做法违反了任何一项贸易协议的规定，或与贸易协议的规定不一致，或否定了美国贸易协议所享有的权利或是不公正的，并对美国商业造成负担和限制时，贸易代表应当实施强制性的制裁措施，迫使外国政府修改有关政策或做法。

如巴西药品案，1987年6月11日，美国协会提出申请，控告巴西缺乏对于药品的方法保护和专利保护，是对美国商业造成负担或限制的不合理做法，贸易代表应当实施强制性的制裁措施，迫使外国政府修改有关政策或做法。

如果某一外国的法律、政策或做法是不合理的或歧视性的，并且对美国商业造成了负担或限制且美国采取的措施是适当的，贸易代表就可以采取报复性措施。

美国贸易代表办公室每年要向国会提供一份报告，把世界100多个国家保护美国知识产权的情况作出综合评价，保护比较差的国家，列入"观察国家"名单。

侵权比较严重的国家，列入"重点观察国家"名单；侵权严重得让美国人忍无可忍的国家，列入"重点国家"名单。

一旦列入"重点国家"名单，美国便发起"特殊三〇一调查"。即给半年时间谈判，限期采取得力措施打击侵权。被列入"重点国家"名单的国家必须承诺一个打击侵权的时间表。如果半年期限谈判未果，美国便公布一个"报复清单"。

所谓"报复清单"，即有国家侵犯了美国的知识产权，比如造成了 20 亿美元的损失，美国就要把从你国家进口的 20 亿美元任何商品的关税提高 100%。

假使半年期限谈判不成，美国贸易代表办公室可以考虑延长 1 至 3 个月。

1989 年 5 月 14 日，美国报纸报道，美国政府发出将把某些贸易伙伴列为"不公平"贸易国或地区并将采取贸易报复的威胁后，它的一些主要贸易伙伴就此作出了反应。

当时，美国贸易代表卡拉·希尔斯宣布 34 个国家或地区在对美贸易中有"不公平"贸易做法。根据美国在 1988 年通过的《综合贸易法》，美国贸易代表须在 5 月 28 日之前从上述名单中选出对美国产品设置大规模贸易壁垒的"重点"国家或地区，并与之进行谈判。

如果在 18 个月内仍未能达成拆除贸易壁垒的协议，美国将施以报复。

希尔斯说，一些国家和地区已主动提出要与美国进行谈判，以阻止美国采取报复措施。韩国和台湾已宣布了使某些产品进口自由化和削减关税的计划，日本也暗示准备更多地购买美国的集成电路块、超级计算机和电信器材等产品，日本政府还计划在美国规定的最后期限之前提出一揽子新的开放市场的措施。

欧洲共同体警告对美国的任何报复措施都将采取反报复行动。它已宣布一系列反击美国贸易报复的措施，包括对食糖、奶制品和其他农产品的进口实行配额等。

美国在"特别三〇一条款"下，将它的全球贸易伙伴就侵犯知识产权的程度分成几类：正常国家、列入观察名单的国家、列入重点观察的国家、重点国家。

1989年，中国被美国列入"观察国家"名单。

1990年，中国被列入"重点观察国家"名单。

1991年4月26日，美国贸易代表卡拉·希尔斯向新闻界宣布，根据美国《综合贸易与竞争法案》中关于知识产权方面的"特别三〇一条款"，中国被列入侵犯美国公民知识产权的"重点国家"名单中。

于是，美国对中国发起"特殊三〇一调查"。美方说，中国对专利法保护的范围不够；版权法没有完全制定出来；计算机软件没有按照文学作品来保护。

同时，美方声称，如果中方不采取措施，美方将在5月过后对中国实行贸易报复。

佟志广对记者发表谈话

1991 年 6 月，以美国助理贸易代表梅西为首的美国知识产权和市场准入代表团于 6 月 11 日至 15 日访华，佟志广作为中方代表团团长，同梅西一行进行了会谈。

6 月 16 日，佟志广同美国知识产权和市场准入代表团成员会谈后，对记者发表谈话。

佟志广首先说：

总的来说，会谈的气氛还是好的，是有成效的，对加深相互之间的了解、理解是有益的。

接着，佟志广谈到市场准入问题。所谓市场准入，是指一国允许外国的货物、劳务与资本参与国内市场的程度。

市场准入原则旨在通过增强各国对外贸易体制的透明度，减少和取消关税、数量限制和其他各种强制性限制市场进入的非关税壁垒，以及通过各国对外开放本国服务业市场所做出的具体承诺，切实改善各缔约方市场准入的条件，使各国在一定期限内逐步放宽服务业市场开放的领域。

市场准入是国家对市场基本的、初始的干预，是政府管理市场、干预经济的制度安排，是国家意志干预市场的表现，是国家管理经济职能的组成部分。

市场准入原则的终极目标是整个国际服务贸易自由公平的竞争，它意味着世界市场的日趋融合和统一，但这只是目标。

由于市场准入是承诺义务，一般是对等互惠的，因此对于任何成员方，市场准入原则都是一把双刃剑，为了换取外国市场，必须开放国内市场，谈判各方在互惠基础上进行减让，促进所有参加方的利益和权利义务的总体平衡。

当时，市场准入问题，也是中美谈判的重点。

佟志广说：

我方就美方提出的有关中国的关税、商检、进出口许可证等外贸管理方面的问题作了解释和说明。我们理解美方对于美对华出口下降所表示的关切，但我们认为，单纯地把美对华出口下降归咎于中国外贸管理问题或所谓的进口限制是不公正的，也不符合实际情况。众所周知，我们的这套管理办法在 1989 年以前就已经实行多年了，而在当时的情况下，双边贸易仍然取得了迅速的发展。

佟志广指出，市场准入问题不能脱离双边贸易协定的框架和国际多边贸易协定的原则，我们在贸易管理方面是存在一些需要进一步完善和改进的地方，事实上在这方面的工作我们从来也没有停止过。但影响双边贸易的人为障碍必须排除。

当时，发展中美经贸关系的最大障碍是美对华经济制裁以及最惠国待遇审议问题，这给两国企业界人士带来了心理上消极的影响。

因此，佟志广认为，两国政府应采取积极的措施，努力为双边经贸关系的发展创造一个良好的环境和气氛，其中包括从根本上解决最惠国待遇问题。

佟志广说：

> 应该看到，中美经贸关系发展到今天的水平是来之不易的，是两国政府和企业界人士多年共同努力的结果，应该十分珍惜。希望我们双方共同努力，尽早消除影响双边贸易发展的各种人为的障碍，争取 90 年代双边经贸关系更加迅速地发展。

接着，佟志广谈到核心问题，也就是关于知识产权保护问题，佟志广说：

> 中方对美方提出的问题作了详细回答。从

所介绍的情况，美方可以进一步了解到，中国是十分重视保护知识产权的，立法的速度之快是世界少见的，可谓三步并作一步走。我们在保护知识产权方面取得了举世瞩目的显著进展。从4月份中美谈判至今，我们又做了许多工作。

佟志广列举了中国在保护知识产权方面做出的努力，以及取得的成就。

中国于当年6月1日公布了《著作权法实施条例》。6月4日又发布了《计算机软件保护条例》。

在制定上述条例中，中国广泛吸收国内外专家、学者、实际工作者的意见，包括美国方面的意见，佟志广举例说：

在《著作权法实施条例》中对于"首次发表"进一步明确为外国作品在国外发表30天内在中国出版，视为在中国首次出版，这与《伯尔尼公约》规定是一致的。

在《著作权法实施条例》中对合理使用作了限制："使用他人已发表的作品，不得影响作者的正常使用，也不得无故损害著作权人的合法利益。"

在《计算机软件保护条例（草案）》中保护期限为25年，现在改为"软件保护期25年期满前，软件著作权人可以申请续展 25 年"，实际上可达到 50 年。

在原《计算机软件保护条例（草案）》中，"软件作品开发一年内登记"，现在取消一年的时间要求。

中国计算机软件的登记、仲裁、行政处罚由三个机构分别负责，从而保证执行中的公正性。

中国已正式与世界知识产权组织和联合国教科文组织联系，双方同意，9 月份中国派代表团赴日内瓦就中国加入两个国际版权公约的问题进行磋商。如果谈判顺利，并得到成员国，特别是美国的积极合作，希望尽早加入两个国际版权公约。

同时，中国《商标法》执行很好，也解决了很多美国商标被侵权的问题。中国正在研究修改《商标法》，进一步扩大保护范围。佟志广说：

我们处理商标纠纷速度快，程序简单，这是美国公司也承认的。例如：MARS 公司的 M&M 巧克力糖，我们仅用一个月，全部解决问题，对侵权产品封存、销毁并向侵权者罚款。而我方青岛啤酒商标在美国被侵权，我国政府和企业通过官方和法律渠道已用了两年时间，

花费了大笔律师费尚未解决。特别值得提出的是，"中国"国名也作为商标在美国注册并获批准，这是违反《巴黎公约》的规定的，也是违反美国法律的。

佟志广强调指出：

4月26日，美国贸易代表把中国指定为"特殊三〇一条款重点国家"后，中国各方面都表示强烈反对和抗议。中国政府再次敦促美国政府尽快将中国从"特殊三〇一条款重点国家"中撤掉，以利于中美贸易关系的发展和中美在知识产权方面的合作。希望美方充分注意这一点。

中国贸易团在华盛顿同美方谈判

1991 年 8 月 17 日，以对外经贸部副部长佟志广为团长的中国政府经贸代表团启程前往美国，就市场准入、知识产权和中国恢复关贸总协定席位等问题与美方进行双边磋商。

这将是当时中美双方就双边经贸关系有关问题进行的第四轮高级接触。

中方对此次会谈十分重视，并希望会谈能取得积极的成果。中方代表团成员来自海关总署、专利局、机电部、国家版权局、外交部。

当年上半年，中美贸易出现了一些令人鼓舞的新迹象。根据中国海关统计，中国从美国进口增长 6.2%，达到 32 亿美元，改变了上一年从美国进口下降的趋势。

美国的一些公司在华投资与合作也取得了很好的经济效益，这种合作对两国经济都是十分有益的。中国方面希望通过这次会谈为改善中美经贸关系气氛起到促进作用。

早在 5 月 3 日，中国美国商会在长城饭店正式宣布成立，这是外国工商企业界在我国成立的第一个商会组织。中国美国商会有 150 多个企业会员和个人会员，主要由美国公司、企业的在京机构和金融、法律界驻京办事处组成，广泛代表美国工商企业界在中国的利益，其业务范围包括对华贸易、在华投资和咨询服务等方面。

该商会是根据中国 1989 年颁布的《外国商会管理暂行规定》注册登记的。

中国国际贸促会会长、中国国际商会会长郑鸿业在祝词中指出，中国美国商会的成立，将对促进中美经贸关系和技术合作、增进两国工商企业的相互了解起到重要作用。

中国美国商会主席、美国西方公司北京办事处副总裁兼中国总代表李迪俊在成立大会上，发表了《关于延长中国最惠国待遇的立场声明》，指出取消最惠国待遇将严重损害中美贸易关系，不仅危及美国的对华出口，而且也将影响美国在华投资者的利益。中国从美国进口的商品，在其他市场都能得到。

他指出，对不属于最惠国待遇范畴的问题，如知识产权、贸易不平衡、双边投资保护、人权、倾销、配额等，"存在着解决的途径"。上述附加条件，"除了用于美国国内的政治目的外，是毫无意义的"。

他认为中国的投资环境有了很大进步，并正在继续改善之中，一些美国公司在中国即使暂时不赚钱，也不准备离开，将继续在中国待下去。

8 月 20 日，以对外经贸部副部长佟志广为团长的中国政府经济贸易代表团与以助理贸易代表梅西为团长的美国代表团在华盛顿举行会谈。

在这次会议上，中美双方就市场准入和知识产权保护问题进行广泛的交流。

会谈结束后，佟志广发表讲话表示：

几天来，双方就市场准入问题进行了坦率的会谈，中方充分阐明了自己的原则立场。关于知识产权保护问题，双方经过认真的交换意见，已基本解决了美方提出的一些问题。几天来的会谈是积极的，有成果的。

佟志广还指出：

中方十分重视这次会谈，并为此作了充分、认真的准备。他指出，以知识产权保护的国际标准来衡量，中国的保护程度与美方已没有太大差距。会谈中，中方还向美方介绍了中国在市场开放方面已经和将要采取的一些措施，其中包括美方提出的关于外贸体制和政策的透明度、进口替代、进口许可证管理和关税等问题。

佟志广说，虽然中方已经做的承诺是一般的原则性承诺，但它指明了方向。他说，中方准备同有关部门进行磋商后争取在 10 月份举行下一轮磋商，并就有关问题进行更进一步的讨论。

佟志广表示，欢迎美方届时派高级代表团前往北京，中方将继续抱着诚恳和配合的态度与美方进行对话。佟志广表示相信，通过双方共同的努力，中美之间存在的贸易问题是可以得到妥善解决的。

在会谈期间，佟副部长还同美国贸易代表卡拉·希尔斯交换了意见。双方表明了各自的立场，并表示将共同努力解决双方在贸易方面存在的问题。

美方根据美国一些公司和所谓受害者提供的未经证实的材料，武断地认为由于中国侵害美国的版权，给美国造成了4亿美元的损失，其中计算机软件的损失占3亿，图书及音像制品的损失占1亿。

双方的立场相差太远，6月的谈判宣布破裂。8月，在华盛顿，新一轮谈判开始，双方仍然针锋相对，谈判再次陷入僵局。

10月，在北京，又一轮谈判未果而终。美国代表在谈判结束后发表声明说：谈判没有取得进展。距11月26日的结束调查期只有一个月时间，如果中国不在版权和专利权上采取重大保护措施，将招致美国的贸易报复。

中方声明反对美方无理行径

　　1991 年 11 月 21 日，中美知识产权谈判在华盛顿举行。出席这次谈判的中方代表团由对外经贸部常务副部长吴仪率领，美方代表团由贸易代表卡拉·希尔斯率领。

　　在中美贸易战一触即发的时刻，新一轮谈判开始。按原计划谈判为时两天，中国代表团预订了 23 日的返程机票。

　　但美国代表团的人留下话说：

　　　　请不要走，不要错过这次机会。

　　谈判延长了 4 天，经常谈到凌晨两三点。结果还是谈崩了，美方代表宣布，美国将对中国的价值 15 亿美元包括 106 种商品在内的中国输美物资征收 100% 的关税。这是美国第一次援引"特别三〇一条款"准备对另一个国家实行贸易报复。

　　11 月 26 日，美国贸易代表办公室不顾中国对保护知识产权已经采取或即将采取的重大措施，断然宣布计划对中国采取贸易报复行动。

　　美国官员声称，美方将列出对中国某些商品实施"惩罚性关税"的清单。他们表示，将与中国继续就知识产权的保护问题进行谈判。如果到 12 月底还达不成协议，美国就对中国的一些商品实施惩罚性关税，关税额为 3 亿至 4 亿美元。

当天，中国政府中美知识产权谈判代表团就中美双方谈判未能达成协议，美国将对中国采取报复措施一事发表声明指出，美国的做法不公正，也不符合双方利益，中方对此表示遗憾。

这项声明说，中国政府代表团是带着"诚意与合作"来与美国政府就知识产权的保护问题进行谈判的。

声明说：

> 中国政府代表团尽了最大的努力，也做出了实质性的、重大的让步，但是美方不顾中国对保护知识产权已采取或即将采取的重大措施，不考虑中方在双边磋商中做出的努力和让步，依然依据美国贸易法的"特殊三〇一条款"，宣布将对中国采取报复措施，这是不公正的，这不符合双方利益，也不符合国际上的通常作法。对此，中国政府代表团表示十分遗憾！

声明在回顾了中国近年来在保护知识产权方面已经和即将采取的措施后指出，中国政府代表团"仍然愿意本着合理解决问题的态度与美国政府继续进行务实的、认真的谈判，努力争取达成双方满意的协议"。

声明还说：

　　我们也希望美国方面能以国际法和国际惯
例为标准，从维护中美两国贸易关系的目标出
发，不采取任何有损这一目标的单方面行动。

　　美方采取的一系列极端措施，损害了中美之间的关
系，美方实施的所谓"特殊三〇一条款"，实际上是强权
政治在贸易中的具体体现。

　　"三〇一条款"详细规定了贸易代表可以采取的强制
性制裁措施。包括在设计与该条款所说的与外国有关的
贸易协议时，中止、撤销或不适用为执行该协议而做出
的贸易减让；在贸易代表认定适当的时间，对该外国的
货物征收关税或采取其他进口限制措施；对该外国的服
务征收费用和采取限制，而不论其他法律如何规定。另
外，具有对服务业市场准入的授权。

　　针对具体情况，贸易代表可以以其认定适当的方式
和程度限制此种授权的条件和要求或拒绝签发此种授权。
由于分权与程序是美国贸易法的最大特点，不同部门之
间有不同的分工配合，所以涉及对某一外国的服务征收
费用或进行其他限制之前，如果有关的服务由联邦政府
的或州的机构管理，贸易代表应在适当时机与有关机构
的首脑磋商。

　　最后是对强制性制裁措施及自由裁量措施的补充性

规定。贸易代表采取制裁措施，可以是不加区别针对有关外国并且不论此种货物或经济部类是否涉及该措施所针对的法律、政策或做法。

也就是说，制裁措施可以针对该国的经济整体，迫使该国改变其法律政策或做法。贸易代表采取制裁措施，应优先考虑征收关税，而不是采取其他进口限制。进口限制除关税外有许多种，诸如终止贸易协定利益、取消优惠限制等。但关税作为增加财政收入、保护贸易的最佳手段，能起到壁垒作用，更符合"三〇一条款"的要求。

以保护其美国利益的"三〇一条款"法律制度是美国人利用贸易政策推行其价值观念的一种手段，其威力不在于条款本身，而在于它所带来的报复性后果。

"三〇一条款"的作用是，作为一种监督、威胁和干预工具，每年通过拟定"重点国家"、"重点观察国家"等各种名单，发布《国别贸易障碍评估报告》等措施，对其贸易伙伴施加压力，干预影响其国内政策乃至国内政治。

总之，"三〇一条款"的实质是以美国市场为武器，强迫其他国家接受美国的国际贸易准则，以此维护美国的利益。

按照"三〇一条款"的有关法律规定，如果其他国家的商品进入美国市场，就必须以同等条件开放市场，一旦美国人认为开放国的贸易政策和行为不符合美国利益和标准，美国就会动用"三〇一条款"制裁，以此达到强迫贸易伙伴改变其贸易政策的目的。

"特别三〇一条款"是针对知识产权保护和知识产权市场准入等方面的规定；"超级三〇一条款"是针对外国贸易障碍和扩大美国对外贸易的规定；配套措施主要是针对电信贸易中市场障碍的"电信三〇一条款"及针对外国政府机构对外采购中的歧视性和不公正做法的"外国政府采购办法"，而且其范围有逐渐扩大的趋势。

美国的"三〇一条款"法律制度的实质隐藏着强烈的经济动机，美国是世界上经济和智力最为发达的国家，美国式的贸易普惠制看似公平，实际上与美国作为世界最发达国家的应尽的义务不相符合，它要求其他国家按照美国的要求和准则进行市场准入，对美国有利。

随着世界经济一体化的进程加快，按照美国的实用主义的法律原则和价值观念，当世界规则和美国的利益冲突时，美国还可以诉诸于美国的"三〇一条款"法律制度，表现出美国法律的优先适用权。

中美举行第五轮谈判

1991 年 12 月 21 日，中美贸易代表团在北京再次举行会谈。

这是双方的第五轮谈判，会谈一开始就充满了火药味儿。在这次会谈中，中国版权和专利方面的代表口气强硬地撤回上月谈判的全部承诺。

美方代表空手而回，说："中方立场大倒退。"

中方代表说：

中国不惧怕"制裁"。如果美国实行报复，我们也将实行同等的贸易报复。

知识产权保护问题是中美贸易中的一个有争议的问题。

早在当年 4 月 26 日，美国以中国在保护美国产品的知识产权方面没有采取"有效"措施为由，宣布依据美国贸易法中的"特殊三〇一条款"，从 5 月 26 日起开始对中国的知识产权保护问题进行为期半年的调查。

美方表示，在此期间，中国方面如不同意采取美国方面所满意的措施，美国就将对从中国进口的产品采取关税报复措施。

12 月 18 日，中国对外经济贸易部新闻发言人，就美国贸易代表希尔斯最近宣布将中美知识产权谈判的最后期限定在 1 月 16 日一事，对新华社记者发表谈话。

发言人说：

> 最近，美方表示将中美知识产权谈判的最后期限定在 1 月 16 日，如双方在此之前不能达成协议，美海关将在很短时间内对从中国进口的一些商品征收高关税。

发言人指出：

> 我们认为，美方的这种表态是向中方进一步施加压力的表示。在中美双方已经决定于 12 月 21 日进行下一轮谈判的情况下，美方再作如此表态，显然对于双方将要进行的谈判本身是极为不利的。
>
> 中方主张，中美两国政府应本着合理解决问题的态度就知识产权问题继续进行平等的、务实的、认真的谈判，尽一切努力达成双方满意的协议。应该看到，任何单方面的报复性措施对于中美两国都是不利的。

这位发言人还说：

我们希望美方以同中方一样的真诚、合作的态度进行谈判，不要再以贸易报复等消极因素给谈判施加任何不利的影响。

12月24日，对外经济贸易部新闻发言人再次就中美知识产权谈判问题发表谈话说：

12月21日至22日在北京举行了今年以来的第五轮磋商。中美双方阐述了各自的立场。中方抱着很大诚意，同美方进行了磋商，但由于美方坚持超越国际标准的要求，未达成协议。

发言人接着说：

我们认为，解决中美知识产权问题必须以中美双方参加的和将要参加的有关国际公约和条约为依据，而不应以美国的法律条文为标准。中美之间的贸易争议应当根据双方已经签订的贸易协定平等磋商解决。任何单方面的贸易报复性威胁都是无济于事的，既无助于问题的解决，也绝不可能迫使中方接受，其结果不只是中方利益受损，美国公司和美国消费者也要受害。

发言人最后真诚地指出：

　　要取得共识，尽早解决中美知识产权问题，只有中美双方本着合作诚意，互谅互让，平等磋商才能实现。我们希望下一轮磋商能取得好的结果。

　　这样，中美双方又谈了三个月的时间，仍然没有取得任何实质性的成果。不过双方在谈判过程中了解了彼此的观点，为最终达成谅解备忘录铺平了道路。

吴仪在谅解备忘录上签字

1992 年 1 月，美国列出对中国进口的商品征收 15 亿美元高关税的报复清单，中国也公布 12 亿美元的反报复清单。

在贸易报复战的同时，中美双方的磋商仍然在继续进行着。

经过多次协商，中国驳回了美国的无理指责和漫天要价，终于在 1992 年 1 月 17 日，中美双方达成了协议。

在这次谈判中，中美双方又做出了一些承诺，主要有：

两国政府将在各自境内及境外采取有效的办法，以避免或制止对知识产权的侵犯，并遏制进一步的侵犯；

中国政府承诺提高专利的保护水平，同意对美国 1986 年 1 月 1 日至 1993 年 1 月 1 日期间的药品、农业化学物质，自 1993 年 1 月 1 日起提供行政保护，承诺在 1992 年加入《保护文学、艺术作品的伯尔尼公约》和《保护唱片制作者防止唱片被擅自复制的日内瓦公约》；

美国政府承认中国政府在改进知识产权保

护方面取得的进展，美国政府自该备忘录签字
之日起终止根据"特殊三〇一条款"发起的调
查，并取消把中国指定为"重点调查国家"。

当天，中美双方代表在美国贸易代表办公室会议厅
正式签署《中华人民共和国政府与美利坚合众国政府关
于保护知识产权的谅解备忘录》。

出席签字仪式的还有中国驻美国大使朱启祯，美国
助理贸易代表梅西等。

中国对外经贸部副部长吴仪和美国贸易代表希尔斯
代表双方国家，在备忘录上签下自己的名字。

签字后，双方交换了文本，并祝贺这项协议的签署。
吴仪说：

中美两国知识产权谈判经过7天的协商和
讨论，在中美双方的共同努力下已经达成了协
议，今天签署了谅解备忘录。对此，我们双方
都很高兴。

吴仪还衷心希望这项协议能进一步推动中美两国今
后在经济贸易和科学技术各个领域的合作，并能促进和
改善中美两国之间的关系。

吴仪在当天还发表了书面讲话，她说：

尊重知识、尊重人才是我国的基本国策。提高对知识产权的保护水平，既是我国深化改革、扩大开放的需要，是推动科学技术发展的需要，也是加速我国现代化建设的需要。我国去年实施的外贸体制改革是成功的。我们既要巩固这一成果，还要进一步完善。我们要不断提高工作水平，使我们的对外经济贸易工作进一步向国际标准靠拢。

吴仪还指出：

改革开放是中国的基本国策，中国领导人坚定不移地执行改革开放方针，中国愿意在和平共处五项原则的基础上发展同世界各国的友好合作关系。我们愿意积极参与国际事务，愿为维护世界和平，改善和促进中美两国关系的发展做出积极的努力。

希尔斯贸易代表说，这一协议的签署是非常可喜的，也是开始新的一年和欢度中国春节的很好方式。她认为，中美不仅解决了关于保护知识产权的问题，而且增进了两国关系。

这项备忘录涉及著作权、专利、行政保护措施和防止不正当竞争等条款。美方将从即日起终止根据美国贸易法"特别三〇一条款"对中国发起的调查，并取消把中国列为"重点观察国家"。

备忘录指出：

中国政府将按照中华人民共和国专利法提供下述水平的保护：

专利的客体。专利应授予所有化学发明，包括药品和农业化学物质，而不论其是产品还是方法。

授予的权利。专利授权阻止他人未经专利权人同意，制造、使用或销售专利的客体。方法专利授权阻止他人未经专利权人同意，使用该方法以及使用、销售或进口由该方法直接生产的产品。

保护的期限。发明专利的保护期限为自专利申请提出之日起20年。

……

两国政府确认，保护工业产权巴黎公约所确立的专利保护的地域原则和专利独立原则应当得到尊重。

中国政府同意采取行政措施保护具备下列条件的美国药品、农业化学物质产品的发明：

……

中国政府将加入保护文学、艺术作品的伯

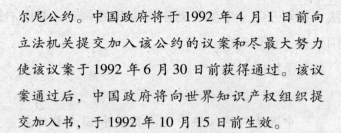

尔尼公约。中国政府将于 1992 年 4 月 1 日前向立法机关提交加入该公约的议案和尽最大努力使该议案于 1992 年 6 月 30 日前获得通过。该议案通过后，中国政府将向世界知识产权组织提交加入书，于 1992 年 10 月 15 日前生效。

中国政府将加入保护唱片制作者防止其唱片被擅自复制的公约日内瓦公约，并于 1992 年 6 月 30 日前向立法机关提交加入该公约的议案。中国政府将尽最大努力使该议案于 1993 年 2 月 1 日前通过。中国政府将提交批准书，该公约将于 1993 年 6 月 1 日前生效。

中国加入伯尔尼公约和日内瓦公约后，上述公约将是中华人民共和国民法通则第一百四十二条所指的国际条约。根据该条规定，如果伯尔尼公约和日内瓦公约与中国国内法律、法规有不同之处，将适用国际公约，但中国在公约允许的情况下声明保留的条款除外。

就中国著作权法及其实施条例与伯尔尼公约、日内瓦公约和本备忘录的不同之处，中国政府将于 1992 年 10 月 1 日前颁布新条例使之与公约和备忘录一致。

……

为确保根据保护工业产权巴黎公约第十条之二的规定有效地防止不正当竞争，中国政府将制止他人未经商业秘密所有人同意以违反诚实商业惯例的方式披露、获取或使用其商业秘密，包括第三方在知道或理应知道其获得这种信息的过程中有此种行为的情况下获得、使用或披露商业秘密。

备忘录第七条规定：

美国政府承认中国政府在改进知识产权保护方面取得的进展和中国政府已同意采取的步骤将会进一步改善对知识产权的保护，预期这些承诺将得到充分履行，因此将于本谅解备忘录签字之日起终止根据美国贸易法"特殊三〇一条款"发起的调查并取消把中国指定为"重点国家"。

备忘录还指出：

中国法制的基本原则是有法可依、有法必依、执法必严、违法必究。中国的知识产权法律已付诸实施，通过司法或行政程序解决权属争议、制止侵权行为和打击违法犯罪活动，此外，为扩大开放，促进合作，已采取措施对美国和其他一些国家符合规定条件的药品、农业化学物质产品发明，给予行政保护。

备忘录最后指出：

　　坚持中美两国政府达成的中美知识产权谅
解备忘录的基本原则，通过协商解决双边知识
产权问题，发展多种形式的经济技术合作，不
仅符合两国人民的利益，也有利于建立国际经
济新秩序。

这次备忘录的签署，使中美两国从 1991 年至 1992 年
初两国政府就知识产权问题的谈判告一段落。备忘录的
签订，只是中美知识产权谈判的序幕。

二、 中国平息贸易战

● 李岚清坦率地指出："中美两国就知识产权保护问题能够达成协议。"

● 宋健在研讨会上指出："中国在知识产权立法和实践方面，正在努力向国际标准靠拢。"

● 佟志广真诚地说："希望这次达成的谅解备忘录成为中美双边经贸关系发展中的一个新的起点。"

李岚清说中美能达成协议

1992 年 1 月 17 日，对外经济贸易部副部长吴仪率代表团与美方达成协议，双方签署了《中美关于知识产权保护的谅解备忘录》。

该备忘录规定，自签字之日起，美国终止对中国的"特殊三〇一调查"。

当时，世界经济格局发生了很大变化，旧的国际经济秩序已经打破，新的国际经济秩序有待建立。中国正在实施"八五"计划和十年发展规划，需要进一步扩大开放和发展对外经贸事业。

在世界这种多极化的趋势中，中国对中美知识产权的看法如何？中国对外经济贸易处于何种地位？将采取哪些对策？这都是人们普遍关心的问题。

就此，新华社记者特意请对外经贸部部长李岚清对中美知识产权和贸易等问题作出回答。

1992 年 3 月 1 日，李岚清在北京向记者发表谈话，这次谈话不仅是在向美方传达中方愿意深化中美贸易关系的信息，也说明中国将履行谅解备忘录中规定的义务。

当记者问，目前世界经济区域化、集团化日趋发展，您对此有何看法？对建立"大中国经济圈"、"大中华经济圈"的提法怎么评价？

李岚清回答说：

区域经济集团化已成为当今世界经济发展的一种趋势。我们已经参加的亚太地区经济合作会议就是一种模式。我们认为在世界贸易体系的总框架下加强地区的经济合作是有积极意义的。但各个地区、各个国家的情况不尽相同，采取何种合作方式也不可能是一个模式，在这方面，我们愿同有关国家一起研究，根据需要和可能采取多种形式的地区经贸合作。

我们主张区域经济集团都应当是开放型的，而不是排他型的，应有利于世界经济新秩序的建立。

接着，记者问：中国恢复关贸总协定缔约国地位的谈判进展如何？对此您作何评论？

李岚清说：

为适应关贸总协定的要求，自 1988 年以来，我国又进行了一系列的经济体制改革。出口制度改革方面，正走向国际规范，从去年 1 月 1 日开始已取消出口补贴，人民币的官方汇率已同市场汇率非常接近，出口体制已基本实现了宏观调节，行政干预已大大减少，"八五"

计划和十年规划纲要也确定了包括价格体制改革和一系列发展市场的改革方针。

在谈到中美经贸关系的现状及前景的问题时，李岚清坦率地指出：

> 中美两国就知识产权保护问题能够达成协议，是中美双方从各自的国家根本利益出发，互相谅解、互相让步的结果，这对双方都是一件好事，将推动两国经贸关系进一步发展。中美知识产权谈判的成功表明，双方的贸易争议完全可以通过平等协商来解决，采取其他不理智的方式，无助于问题的解决，只能使问题复杂化，对两国都将产生不利的后果。

1979 年两国建交时，双边贸易只有 24 亿美元。1991 年双边贸易额扩大到 142 亿美元，增长近 5 倍。美国已成为中国第三大贸易伙伴。

建交以后，中美两国先后签订了有关贸易关系、工业技术合作、渔业、海运、避免双重征税等一系列协议、协定，为两国经贸关系发展奠定了有利的基础，为两国的贸易发展创造了良好的条件。

截至到 1991 年 9 月底，美国在华投资项目达 1723 项，协议金额 45.8 亿美元。除香港地区外，美国在各国来华投资中占首位。美国一些大公司以及不少中小企业在中国已占据了相当的贸易和投资市场。

李岚清说：

两国经贸关系发展到今天的水平，是两国政府和工商界共同努力的结果，是来之不易的。继续保持和发展中美两国经贸关系，符合两国人民的利益。美国是最大的发达国家，中国是最大的发展中国家，两国经济互补性很强，贸易上又有相互需求。中国每年从美国进口大量小麦、棉花、化肥、木材、纸张、纸浆、飞机、技术设备等。美国从中国进口的纺织品、服装、粮油、土畜、化工、机电产品等逐年有所增加。中国正致力于新的"五年"计划和十年发展规划，需要进一步扩大开放和发展对外经贸事业，第八个五年计划我国的进口总额将超过 3000 亿美元。无疑，中美两国的经贸合作潜力是很大的。

李岚清接着说：

目前的问题是双方需要创造一个良好的经贸合作环境和气氛，妥善解决经贸关系中出现的一些问题。

　　中美相互给予最惠国待遇是当前双方经贸关系中问题的焦点。如美国一旦终止中国的最惠国待遇，就意味着美国单方面撕毁了中美贸易关系协定。其后果将不仅使两国的经贸关系遭受严重的挫折，也将严重损害两国政治关系，从而使中美关系发生全面倒退。

　　李岚清还说，我们欣赏布什总统在中国最惠国待遇问题上所采取的积极态度，和美国工商界及一切关心中美经贸关系的各界友好人士，在这方面做出的积极努力。目前，美国众议院已表决通过一个有条件延长中国最惠国待遇的联合议案。在最惠国待遇问题上附加任何条件都是不能接受的。我们希望美国国会议员能从中美关系的大局出发，采取积极的态度，避免两国关系出现倒退。

中美知识产权研讨会召开

1992 年 5 月 19 日，中美知识产权管理研讨会在人民大会堂开幕。

来自中美两国法律界、科技界和经济界的专家学者会聚一堂，研讨共同关心的知识产权管理问题。

国务委员兼国家科委主任、国务院知识产权领导小组组长宋健出席研讨会并讲话。

宋健在研讨会上指出：

中国知识产权保护的环境将有较大幅度的改善，中国在知识产权立法和实践方面，正在努力向国际标准靠拢，采取多数国家所采取的规范，积极推进世界知识产权制度朝着国际化的方向发展。

宋健说，知识产权的法律制度是保护科学、技术和文化成果的基本法制，也是促进科技成果商品化、产业化和国际化的重要保障。

中国一贯倡导和实践尊重知识、尊重人才的方针，重视保护知识产权。特别是近 10 年来，我国相继颁布了《商标法》、《专利法》、《技术合同法》、《著作权法》和

●
中国平息贸易战

《计算机软件保护条例》等，初步形成了知识产权保护的法律体系。

在知识产权立法和实践方面，中国正在努力向国际标准靠拢。采取多数国家所采取的规范，积极推进世界知识产权制度朝着国际化的方向发展，以利于扩大国际科技合作与交流。

宋健说：

扩大知识产权保护范围，提高保护水平，强化知识产权管理，是我国经济体制改革和科技体制改革的重要内容，也是执行对外开放方针的重要组成部分。目前，中国已加入世界知识产权组织，加入了《保护工业产权的巴黎公约》和《商标国际注册的马德里公约》，积极支持缔结《集成电路知识产权保护公约》。

当时，中国正在加快《专利法》的修改工作，争取通过立法程序，从1993年1月起，对药品和化学物质的产品实行专利保护，保护期从15年延长至20年，并给予专利权人以进口权。

中国还将争取在当年10月加入《保护文学、艺术作品的伯尔尼公约》，对所有公约成员国起源的、并在起源国未进入公有领域的作品，包括计算机软件，给予保护。其中将计算机软件作为文字作品保护50年，不要求履行手续。

中国争取在 1993 年 6 月加入《保护唱片制作者防止其唱片被擅自复制的日内瓦公约》，按照《伯尔尼公约》第十八条规定，对现有唱片、录音制品给予保护。我国《商标法》修改工作也正在积极进行，将增加服务商标，以实现对服务标记的有效保护，补充对驰名商标的特别保护，强化商标专用权的保护力度。

与此同时，有关主管部门正在积极研究保护商业秘密和制止不正当竞争的问题，争取在 1994 年 1 月制定有关规定。

除了通过立法保护知识产权外，中方还根据鼓励外国先进企业来华投资和技术转让的有关政策，采取灵活的行政措施对外国的技术和产品给予适当的行政保护，作为知识产权法律的补充。这项政策的基本原则将适用于一切国家和地区。

宋健针对中方做出的努力指出：

> 立法是法制建设的第一步，更重要的是要付诸实施，加强对实施的监督，完善知识产权管理制度，建立符合国际惯例的研究开发和经营机制。我们将在全国范围内普及知识产权法律知识，提高整个社会的法律意识，按照有法可依、有法必依、执法必严、违法必究的原则，加强法律实施环节，加强各部门、各地区以及

行业、企业、科研机构、大专院校等的知识产权管理，加快知识产权情报信息服务系统的建设，提倡重合同，守信用，按照知识产权规范和国际商业习惯开展经济、技术、贸易、投资等合作与交流。

5月21日，中美知识产权管理研讨会继续召开，在当天的会议上，国家科委副主任邓楠讲话。

邓楠说：

中国将坚定不移地执行改革开放的方针，我们能够通过保护知识产权，建立起一个开放、竞争、有活力、有效率的新型机制，加速科技成果商品化、产业化、国际化的进程。

邓楠说，在走向世纪之交的进程中，世界科技经济一体化的步伐大大加快，和平和发展是当代的历史潮流。保护科学、技术和文化成果的知识产权制度，不仅是鼓励发明发现，推动科技进步的有力杠杆，而且是开展国际科技合作与交流的环境和条件。

这次会议的召开，表明了中国在保护知识产权上的决心。

佟志广与希尔斯斗智斗勇

1992 年 5 月 21 日，以对外经贸部副部长佟志广为团长的中国代表团和以美助理贸易代表梅西为首的美国代表团在北京举行第七轮正式会谈。

会谈结束后，佟志广向记者表示，两天的会谈是积极的，也是有成果的，双方对有关分歧问题进行了深入具体的讨论。

当时，佟志广一身兼三职，即中美知识产权代表团团长、中美市场准入代表团团长及"复关"谈判代表团团长兼首席谈判代表。如此重的担子压在他一个人身上，压力之大可想而知。

这场谈判是由于中美之间产生贸易逆差，美国又把中国按他们的"三〇一条款"列入"重点国家"而引发的。虽然双方已经签署了关于知识产权的谅解备忘录，但中美在贸易上的分歧还很大，需要继续磋商。

1992 年，此次谈判已经前后进行了 6 轮。

1992 年 10 月初，佟志广率领中国贸易代表团赴美国进行最后一轮谈判，这是他谈判历史上最长的一次。

当时，在国际上，有一件对中国有利的事。美国当时正在进行大选。在任总统布什和民主党的候选人克林顿在 10 月 11 号上午要进行一场电视辩论。而中美贸易谈判的成功对于参与辩论的布什总统来讲，是一个非常重要的政绩，这对现任总统布什是有好处的。

佟志广到美国以后，第一天白宫就给他打电话，要求接见中国的首席谈判代表，以前到美国从来没有这样的事情。

去白宫后，佟志广发现情况和以前不一样，他到美国白宫，接待他的房间是非常豪华的房间，是美国国务卿接待各个国家元首的房间。

那次会见不是在惯常接待的会见室，而是在一间装潢十分讲究的会见室，这个会见室是美国国务卿接待外国重要人物的场所。

一见面，美国副国务卿就满面笑容地说："我希望这次美中双方能谈出个结果来。美中两国之间贸易发展是件好事，今后应该有更大的发展。中美完全有条件也应该谈出个让双方都满意的结果。"

一番开场白后，他话锋一转，很艺术地谈起了当时的美国总统老布什于次日要和美国民主党总统候选人克林顿展开一场电视辩论的事情。

无需多言，聪明的佟志广立即明白在即将到来的美国总统大选中，在任总统很需要中美市场准入谈判成功，作为体现政绩的一张牌。

接下来去白宫会见国家安全特别助理伯杰斯时，佟志广的心情就比较轻松了。伯杰斯助理开门见山地表示：

后天上午 11 时，我们的布什总统要和民主党候选人克林顿进行一场电视辩论。作为我们总统对外政策的业绩，我们很需要中美双方这次达成协议，希望中方能配合。

听到这与美国国务院如出一辙的调子后，佟志广内心十分兴奋，但回答却是不卑不亢：

我很欣赏你这种坦率，但是这次能否谈出一个对双方来说权利和义务都均衡的谅解备忘录来，不完全在我们。一些和贸易无关的事情，比如人权问题，没有理由牵涉进贸易谈判中来。如果美国能够理解，我想我们是有可能达成协议的。

事先了解到对方的心态后，第二天谈判时佟志广自然就有底了。

在谈判期间，佟志广与代表团成员夜以继日地奋战，一起研究、请示、拟定次日谈判中的各种对策，几乎每天都工作至凌晨。

1992 年 10 月 10 日，这是谈判的最后一天，是美国人限定的所谓最后期限，这一期限是美国根据其国会讨论的"三〇一条款"来确定的，如果达不成协议，被列入该条款的观察国——中国就会遭受经济损失，因此对于此次谈判，中国方面也是相当重视，佟志广做了充分准备。

多年之后，佟志广回忆起当年的谈判情形时，依然很激动，他说：

> 我太难忘那一天了，因为当天晚上24时是美国提出的协议签字的最后时间，过了那个时间，美国就将依据他们的报复清单，对我国输送到美国的货物进行关税制裁。我们从早上8时30分就开始谈，中间一直没离开过谈判桌，渴了就喝点可乐，饿了就吃个汉堡。我有糖尿病不能吃甜的，但当时已经顾不得了。

10月10日，这一天的谈判从8时开始，美国谈判代表是美国贸易谈判署署长希尔斯。当时世界上有两个"铁娘子"，一个是英国的撒切尔夫人，一个是美国的希尔斯。

佟志广后来回忆说，一跟她谈才知道，这个"铁娘子"不是瞎给的。他说，跟她谈之前我有心理优势：第一，我有底牌；第二，我是搞经济的，我是学贸易的，我连印度海关的年鉴都翻译过，我怕什么。他们都是律师出身，我就是珠穆朗玛峰，他们就是小山丘。他就这样给自己打气。

会谈正式开始后，中国代表团的成员没有离开过谈判桌，很多问题在不断交锋过程中慢慢突破。

谈到午饭以后，美国代表不谈了，说希尔斯要去欧洲参加会议，15时30分就要走。

佟志广一听，表情非常镇定，他知道美国人在耍把戏。佟志广说："那好，不谈就不谈，不是我不想跟你们达成协议。"

并且，佟志广要求马上写入谈话记录：美方中途停止谈判。然后说："如果没有特殊要求，是不是我们就宣布这次谈判结束了？"

佟志广这么一说，会场上安静得出奇。对方的副代表马上就请示希尔斯。没过一会儿，美方代表回来了，他说希尔斯推迟了动身，16时30分以后再走。

接下来，双方就一项一项地谈，时间在一分一秒地过去，一直到夜里23时，在24时之前他们必须得谈完，第二天就是11号，谈不成就不行了。

还剩1个多小时，双方还在对重要的问题争执不休。当时作记录的工作人员看了一下手表，还差不到20分钟，便在桌子下面踢了佟志广一脚，佟志广心里有数，他知道必须得谈出一个结果。

因为国际谈判时都有规定，可以在某一刻让时间停下，就把时针固定，谈判完后再让表走。佟志广耐得住劲，成功就在最后一刻。

希尔斯当然没有就此离开，谈判在一次次的交锋中继续着。22时，最核心的我国对机电产品特别是汽车及其零配件进口关税的降低和配额许可证的取消问题，也终于达成协议。

当时，谈判双方只剩下最后一个问题相持不下，作为中方首席谈判代表的佟志广要求在协议文本中写进"美国坚定地支持中华人民共和国早日加入关贸总协定"这样一句话，而有"铁娘子"之称的希尔斯当然是毫不犹豫地拒绝，因为这是史无先例的事情。

双方又一次陷入僵持中。时间一分一秒地过去了，夜渐渐深了，只有谈判大厅里灯火依旧辉煌。眼看着最后时限一点点靠近，美方终于坚持不住，开始按佟志广的要求草拟这句他们极不情愿加的话。

他们递一个小纸条过来，佟志广扫一眼，摇头表示不满意，对方修改了再递过一张，他仍然摇头。

后来，美方干脆请他自己写出来，于是，佟志广字斟句酌地在纸条上写下：

美国坚定地支持中华人民共和国早日加入关贸总协定。

见到在美国谈判史上从没见过的"坚定地支持"这样的中国式字句，希尔斯的眼睛都瞪圆了，她终于坐不住了，她需要请示白宫。

佟志广已经心中有底，当然不怕对方去请示。一番周折后，希尔斯最终同意在《中美市场准入谅解备忘录》中原封不动地写下这句话。

中美签署市场准入备忘录

1992 年 10 月 10 日，对外经贸部副部长佟志广和美国贸易副代表希尔斯分别代表两国政府正式签署《中华人民共和国政府和美利坚合众国政府关于市场准入的谅解备忘录》。

中国驻美国大使朱启祯出席了签字仪式。

一年多来，中美两国代表团就市场准入问题举行了 9 轮谈判。双方按照关贸总协定的原则，最终达成协议。

1992 年 10 月 10 日 23 时 45 分，在离谈判最后时限仅剩 15 分钟时，佟志广和希尔斯分别代表本国政府，在《中美市场准入谅解备忘录》的最后文件上签了字。

悬在佟志广心头长达 18 个月的 9 轮艰苦谈判的大石头终于可以放下了，一场残酷的贸易战终于可以避免了。

佟志广和希尔斯在签字仪式上先后发表讲话。

佟志广指出：

中美签署市场准入谅解备忘录是一件值得庆贺的事，将有利于维护和促进中美双边经贸关系，也有利于维护和改善整个中美关系。

佟志广说，中美最后一轮市场准入谈判是关系到中美经贸关系乃至全面关系大局的一场非常重要的谈判。

在整个谈判过程中，中方表现出了很大的诚意，美国方面也表现了务实的态度。应该说，包括中美两国和香港在内的广大企业的合作精神和互相理解，为推动谈判的进展起了积极作用，中美两国在发展双边经贸关系中的共同利益是双方最终达成协议的最重要的基础。

佟志广在谈到中美经贸关系前景时指出：

> 中国政府对于发展中美经济技术合作和贸易往来一向十分重视，并希望这种关系建立在长远和坚实的基础上。

佟志广真诚地说：

"希望这次达成的谅解备忘录成为中美双边经贸关系发展中的一个新的起点。希望彼此在谅解备忘录以及双边贸易关系协定的基础上，使中美经贸关系朝着健康的方向发展。"

佟志广强调指出：

> 通过一年多来的谈判，我们强烈地感觉到，中美两国经济的互补性很强，特别是中国作为亚太地区经济发展最快的国家之一，为美国的商品和投资提供了现实的可能性和巨大潜在市场。而且，随着中国改革开放的不断深入，美

国企业所面临的机会将越来越多。我们希望两
国政府共同努力，不断为两国企业界创造更加
良好的经济合作和贸易环境。

佟志广还说，在结束这次华盛顿的访问之后，他将
赴日内瓦参加关贸总协定中国工作组第 11 次会议。对
此，他强调指出：

中国与美国就市场准入问题达成协议，不
仅符合中国改革开放的需要，同时也与中国申
请恢复在关贸总协定中的缔约国地位的努力是
一致的。

在刚刚签署的谅解备忘录中，美国政府明确表示将
坚定支持中国取得关贸总协定缔约国地位。佟志广希望
美方的承诺能真正体现在美方推动关贸总协定中国工作
组进程的实际行动中。

佟志广表示相信，美国承诺放松高科技产品对中国
出口的管制，将对中美贸易的发展起重要作用。

在佟志广讲话后，美方发表讲话说，两国达成协议，
对美国的出口商、美国的农场主和工人都有很大好处。
希尔斯还说：

协议的达成意味着我们根据"三○一条款"

进行的调查于今天此时已经结束。

签完备忘录后，佟志广长舒了一口气。

谈判的房间恰好是美国南北战争期间北方格兰特将军的司令部，这幢古老的建筑到了晚上楼道里一片漆黑。

谈判结束后，希尔斯特地从三楼把她的谈判对手送下来。当这两位对手一路摸黑走下三层楼梯到达大门口时，闪光灯立刻闪烁不停，面对守候了一天的兴奋的记者们，佟志广干脆直接用英文向媒体宣布中美达成协议的消息并回答他们的各种问题，这无意间创造了一个中国代表团团长直接用英语同国外记者交谈的先例。

市场准入谅解备忘录的签订，缓解了当时中美的外贸关系危机，为两国最终达成知识产权的协议，奠定了基础。

中方积极履行相关义务

1992 年 1 月，中美签署了《中美关于知识产权保护的谅解备忘录》。备忘录签署之后，中方在保护知识产权上做出了重大的努力。

当时，中国做出承诺，要按照国际公约的标准修改立法，制定实施细则。中国遵守了承诺。

1992 年以后，中国方面按照谅解备忘录的有关规定，基本履行了自己所承诺的义务。

1992 年 9 月，在专利保护方面，中国修订了《专利法》，对药品、化学物质、食品、饮料和调味品给予了产品专利和方法专利的保护。

在原有的《专利法》中，只对上述几项提供方法专利的保护，不提供产品专利的保护。而按照新修订的《专利法》，则是既提供方法专利的保护，又提供产品专利的保护。

而且，对于专利保护范围的扩大，并不仅仅局限于谅解备忘录所说的化学发明，尤其是药品和农业化学物质。在专利权人的权利中，修订后的《专利法》在原有的生产、使用和销售等内容之外，又规定了进口权。

在专利的保护期上，将发明专利的保护期由原来的15 年延长为 20 年，将实用新型和外观设计的保护期延长为 10 年。

同时，修订后的《专利法》还对专利的强制许可作了与备忘录内容相同的限制。

1992 年 12 月，中国还分别发布了《药品行政保护条例》和《农业化学物质产品行政保护条例》，自 1993 年 1 月 1 日起施行。

按照规定，凡与中国订有药品行政保护、农业化学物质产品行政保护条约或者协定的国家，其企业、其他组织及个人，都可以申请行政保护，并获得有关的行政保护证书。行政保护期限为自证书颁发之日起的 7 年半。这自然包括对美国药品专利权人和农业化学产品专利权人的行政保护。

1992 年 10 月 15 日，在版权方面，中国加入了《保护文学艺术作品伯尔尼公约》，1992 年 10 月 30 日加入了《世界版权公约》；于 1993 年 4 月 30 日加入《保护录音制品制作者防止未经授权复制其制品公约》。

在此之前，中国于 1992 年 9 月 25 日，即正式加入《伯尔尼公约》之前，发布了《实施国际著作权条约的规定》，具体规定了谅解备忘录中提到的有关内容。例如，外国计算机程序作为文字作品予以保护，可以不履行登记手续，保护期为 50 年；对外国实用艺术品给予 25 年的保护；对外国的音像制品予以保护等。

此外，《实施国际著作权条约的规定》还对"外国作品"作出了明确界定，使之包括了外资企业、合资企业和合作企业的委托作品。

在商业秘密方面，中国于 1993 年 9 月制定了《反不正当竞争法》，于 1993 年 12 月 1 日起实施。其中的第十条规定了对于商业秘密的保护。

除了上述内容之外，中国还在 1993 年 2 月修订了《商标法》，于 1993 年 7 月 1 日起实施。其中将商标权的保护范围扩大到了服务商标上。

与修订后的《商标法》同时实施的商标法实施细则，又将商标权的保护范围扩大到了集体商标和证明商标上。这种扩大，实际上也有利于对美国商标权人的保护。

中国在知识产权的执法方面也做出了巨大的努力。

据 1994 年 6 月国务院新闻办公室发布的《中国知识产权保护状况》的白皮书，自 1992 年以来，中国已经在几个经济特区和北京、上海中级人民法院中设立了知识产权审判庭。其他省、自治区和直辖市政府所在地的中级人民法院，在有关的审判庭中设立专门审理知识产权案件的合议庭。

1986 年底至 1993 年底，全国法院共受理知识产权民事纠纷案 3505 件，其中著作权案 1168 件，专利权案 1782 件，商标权案 554 件。对于那些侵犯他人知识产权情节严重，构成犯罪的，还依法追究了刑事责任。

1992 年至 1993 年，人民法院受理假冒商标刑事案 743 件，审结 731 件，判处有期徒刑或拘役等刑事处分的共 566 人。

白皮书还说，中国对于知识产权的保护，除了司法途径，还有行政途径。《著作权法》自 1991 年 6 月施行以来，到 1993 年底，各地的著作权行政部门已查处了非法复制音像制品、非法复制图书等方面的侵权行为 150 多起，收缴销毁了侵权复制品，并对侵权者作出了行政处罚。

1994 年，中国政府又组织有关部门，对激光唱盘复录生产中的非法复制和图书出版中的非法复印，进行了严厉打击。行政查处的最大特点是行政机关的主动查处。

然而，对于中国在知识产权保护方面的上述进展，美国并不满意。在 1995 年度的《国家贸易评估报告》中，美国贸易代表对此中态度作了简要概括。

美国承认，自 1992 年中美知识产权协议签订以来，中国不断修订法律和法规，在改进知识产权法律的结构方面，尤其是在版权制度、专利制度和商业秘密保护制度方面，取得了巨大的进展。

然而在另一方面，由于中国没有实施这些新法律，又导致了自 1992 年以来侵权的直线上升。据美国的产业界估计，仅仅在 1994 年，由于版权的侵权，美国产业就损失了大约 8.5 亿美元。

另据估计，由于商标侵权而造成的损失也相当巨大。对于中国在知识产权法律实施方面的问题，美国的产业界更是抱怨不断。

1993 年 10 月，美国的国际知识产权联盟甚至说，中国完全没有按照 1992 年的谅解备忘录承担起实施知识产权的义务。

在这种背景之下，在美国贸易代表发布的"特别三〇一条款"年度审查报告中，中国在各种名单中的位置发生了显著的变化。

在签订第一个中美知识产权协议的 1992 年，中国被列在"观察名单"中。在 1993 年的审查报告中，中国被升入了"重点观察名单"中。

而到了 1994 年的"特别三〇一条款"年度审查报告，中国再次被确定为"重点外国"。

美国贸易代表指出，将中国确定为"重点外国"，是由于中国的版权侵权异常猖獗，商标侵权十分严重，而且中国没有表现出多少解决这些问题的愿望。中国新专利法的实施，药品和农业化学品行政保护规定的实施，也存在着问题。

美国贸易代表还指出，就中国的实施机制来说，具体的问题包括：各种法律在内容上的不一致；执法机构缺乏透明；缺乏对现有作品的保护；执法机构存在着责任上的空白处；中央、省、地政府在法律的适用上不一致；缺乏资金、培训和教育；缺乏明确而有效的刑罚措施；可能存在利益冲突；烦琐而歧视性的部门要求；过于广泛的强制许可规定；各执行机构之间不能配合；以及缺乏有效的边界控制机制。

美国贸易代表还提出了市场准入的问题，即中国没有对依赖于知识产权的保护者提供公平和平等的市场准入机会。在市场准入方面，最严重的问题存在于音像制品方面，包括电影、录音制品和已出版的文字资料。具体问题包括：隐藏的内部配额体制，缺乏透明，缺乏适用上的一致性，在进口和发行含有知识产权产品上的垄断性控制，禁止生产和销售含有知识产权的产品，而且与这些产品的内容无关等。

因此，中美再次就知识产权问题举行磋商。在新一轮的争端中，中美双方的焦点已经从知识产权法律制度的改进，转向了法律制度的实施。

到1993年底，中美知识产权谈判因美方毫无诚意而破裂。

法律专家驳斥美方代表言论

1994年1月4日，北京的一些法律专家就中美知识产权谈判中涉及的若干法律问题举行座谈。

因为当时美方无视中方在保护知识产权上做出的努力，无端指责中方，中国广大人民难以接受美方的行径。这个座谈会就是国务院知识产权办公会议办公室为此而召开的。

这次会议的气氛十分热烈，与会人员积极发言，赞扬中国取得的成就，批评美方的无理指责。

中国政法大学教授徐杰在会上说：

> 我国已形成了有中国特色的社会主义保护知识产权的法律体系，并且将进一步完善对知识产权的法律保护，因为这是加速我国经济技术发展和加强国际合作的需要，是建立社会主义市场经济体制的要求，归根到底是我国自身发展的需要。

接着，徐杰对美方代表在谈判中表现出来的骄横表示批评，他严正指出：

美方代表在谈判中要求我国限期立法、限期改法，并要中国政府按他的要求组织执法检查，按季度向美国政府报告搜查次数、被查处机构、查获商品和材料等执法检查结果，这是对我国主权和内政的粗暴干涉。在完善我国知识产权制度方面，外国政府和人士向我们提出有益的、善意的建议是值得欢迎的。但是，到底怎样立法、执法是我国自己的事情，我们只会采纳合理的、现实的部分。美国现在的态度完全违反了国际关系的基本原则，理所当然为中国所拒绝，更不用说美方在谈判中的要求已远远超出知识产权的范围了。

接着，中国社会科学院法学所副研究员金渝林说：

美方代表称中国履行国际公约义务的能力有问题，事实正好相反。1992年中美知识产权备忘录签订后，中国政府严格按照规定履行了中方承担的义务，但美方却没有履行它的义务。美国在专利保护制度上是唯一适用发明在先的国家，而且这一原则仅适用本国人，对外国人的申请则适用申请在先原则，这就是双重标准、差别待遇。美国的版权保护水平也低于伯尔尼公约的水平。美国还常常在一些具体问题上争论不休，这本身就说明美国的版权制度也在发展中。既然这样，美国有什么理由要求其他国家一定要按照美国设计的模式和保护水平建造知识产权制度呢？

中国计算机软件登录中心副主任应明在发言中指出，美方在谈判中对计算机软件版权的要求是站不住脚的。他说，首先，在中国的版权制度中，计算机软件是作为文字作品受保护的，但在立法形式上怎样处理，那是中国自己的事情，美国无权规定我们"必须"这样，"必须"那样。

其次，《计算机软件保护条例》第三十一条只是规定由于执行国家政策、法律或者国家技术标准，而引起所开发的程序之间的相似不能认为侵权，中国从来没有规定过"使用"计算机软件的行为不是侵权。

在这一点上，美方代表应当以认真的态度了解一下我国的有关法规。他还指出，美方提出版权作品、计算机软件的认证申请至少要经过它指定的某个美国民间组织批准，这更令人难以理解。

应明质问道，一个由 10 个左右的美国软件公司自愿形成的组织，有什么资格"批准"外国的计算机行业的认证？

中国人民大学教授、国际版权学会执行委员郭寿康指出，中美知识产权谈判中，美方要求中国取消涉外商标代理制度，举出的理由是中国人申请商标注册和办理有关商标事务可以不通过代理，美国人也应该享受国民待遇。

郭寿康说：

我认为，美方要求显然不符合国际条约和通行惯例。《巴黎公约》第二条规定了国民待遇原则，但也规定"本联盟每一国家法律中关于委派代理人的规定……均明确地予以保留"。也就是说，从1883年《巴黎公约》最初文本开始，一直到目前的斯德哥尔摩文本，都承认委派代理人是国民待遇原则的例外。世界知识产权组织前任总干事博登豪森教授在其名著《巴黎公约解说》中肯定了这一规定，并解释这是为了"便利于程序事务的进行"。美国著名知识产权专家拉达斯在其有影响的《专利、商标及有关权利》一书中也同样肯定这一点并说明这"有利于外国专利的程序上的操作"。刚刚生效的乌拉圭回合 trips 协议第三条同《巴黎公约》的上述规定是一致的。这些全是白纸黑字、有目共睹的国际惯例，美方代表应当很清楚。

国家工商行政管理局商标局高级经济师董保霖说：

关于涉外商标代理问题，保护工业产权的《巴黎公约》和关贸总协定的《与贸易有关的知识产权协议》都有明确规定，它是国民待遇的一种例外，可以依各国的行政规定办理。美国要求中国取消商标代理制度是毫无道理的。中国商标代理制度是1991年开始试点，1994年发展到97家，代理人1000人，其中涉外商标代理组织17家。《美国政府关于中国对外贸易状况的报告》中说，外国人在中国向司法机关和行政机关的控告只能通过"五个部门"做代理，这种说法是不符合事实的，也是不负责任的。

中国人民大学知识产权中心主任、教授刘春田说，中国不仅是发展中国家，而且在发展中国家中还处于低收入水平。美方代表在知识产权谈判中，要求中国在立法时间表上与发达国家持平，是完全不顾客观事实。

刘春田认为，在实体问题上和程序问题上，美方对中国提出的某些要求，不仅发展中国家做不到，一般发达国家、甚至美国自己也做不到。美方无视国际惯例，也无视自己承诺的义务，谋求在中国获得超出国民待遇的特权，这很难使人接受。

北京大学法律系教授罗玉中说，美方提出"要求取消《民事诉讼法》第二百五十条中有关侵权、反假冒和不正当竞争案件的规定"，要求权利要求人是外国公民和法律实体的案件，必须在提出权利请求后 6 个月内审结。这是毫无道理的。美国有关知识产权方面案件的审理都是由联邦规定的，除了对取证时间限定为 4 个月以外，并没有规定对审结时间的限制。取证时间如果 4 个月不够的话，也是可以延长的。美国不少知识产权案件审期长达 3 年、5 年，甚至拖至 10 年也非罕事。美方要求中国规定有关知识产权案件的审结期为 6 个月，在国际上是完全没有先例的。

北京市高级人民法院知识产权审判庭副庭长程永顺在发言中回顾了我国司法机关为保护知识产权所做的大量工作。

他说，目前全国已有 16 个法院设立知识产权审判庭，其目的就是统一执法，加大执法力度，这是世界各国都没有的。据不完全统计，人民法院受理的各类知识产权案件已超过 6000 件，承担知识产权审判的人民法院都有了一批较高学历、较高水平、较高素质的法官，而且正在积极摸索知识产权案件审判经验。

这次会议的召开，严正捍卫了中方的立场。

中美再举行知识产权谈判

1994 年 6 月 30 日，美国再次把中国列入"重点国家"名单。当天，美方重新对中国发起所谓的"特殊三〇一调查"。

美国贸易代表所发布的 1994 年度的"特别三〇一条款"审查报告比较特别。在当年 4 月 30 日发布的审查报告中，美国贸易代表将中国、阿根廷和印度确定为"潜在的重点外国"。

根据报告，这些国家如果在 6 月 30 日以前，没有在知识产权保护及其市场准入方面有令人满意的改进，就将被指定为"重点外国"。

到了 6 月 30 日，只有中国被确定为"重点外国"，阿根廷和印度则被列入了"重点观察名单"中。也正是在这一天，美国贸易代表发起了对中国的调查。

1994 年度审查报告先确定"潜在的重点外国"，然后再确定"重点外国"，其用意是促使"潜在的重点外国"积极采取措施，以免被正式确定为"重点外国"。但是，这一做法却不符合"特别三〇一条款"的程序。

因为，按照正常程序，美国贸易代表应在《国家贸易评估报告》提出后的 30 天以内确定"重点外国"，然后在 30 天内发起调查。然而，按照 1994 年的做法，确定

"重点外国"和发起调查的时间都被推迟了。

所以，在以后的"特别三〇一条款"年度审查中，再没有见到 1994 年的做法。当然，了解这一点也有助于理解 1994 年美国贸易代表对中国的调查。因为，调查是从当年的 6 月 30 日发起的，有关程序的时间也从这一天起算，而不是从正常的 5 月 30 日左右计算。

调查发起的当天，美国贸易代表即征求公众意见，并要求与中国磋商。中美之间有关知识产权的第二次谈判开始。

为了解决与中国的知识产权保护及其市场准入的争端，美国贸易代表在谈判中提出了一些具体要求，主要涉及：

要求中国建立执法队伍，以打击主要的侵权者，没收和销毁侵权产品，并起诉侵权者；

要求中国加强知识产权的执法体制，建立一个真正起作用的法院系统；

要求中国对其知识产权产品开放市场。

在谈判中，中方则认为，中国在短短的 15 年里已经建立起了一个相当完备的知识产权法律体系。尽管在法律实施方面还存在着不足，但中国的知识产权保护体系已经有了显著的发展。中国欢迎外国政府的善意建议，但反对外国干涉中国的内政。中国如何在立法和执法方面行为，是中国自己的内部事务。美国对中国进行"特别三〇一条款"的调查是粗暴的和不公正的。

美国首先是提出音像制品的盗版问题。不仅如此，美国的要求越来越多了。从音像制品盗版说到计算机软件盗版，美方代表无端指责说：

你们94%以上的计算机软件都是盗版，你们有关部门的计算机软件必须更换；你们不但要保护美国在中国注册的商标，也要保护美国没有在中国注册的商标；你们海关对进出口商品及转口商品，凡是侵犯知识产权的，都不得放行；

美国的音像制品要自由进入中国市场，对制品不能实行配额许可证，并且允许美国在中国建立音像制品的合资、独资企业；

你们的诉讼费用太高，诉讼期限规定对外国人一审超过6个月，不合理。至于侵权判罪的标准，我们要给你们定。

美国人提出，侵权造成两万元人民币损失，构成刑事犯罪。过了一段时间后又说，两万元损失不行了，侵权够得上一万元人民币的损失就可以判罪。

中国的谈判小组很硬气，针对美方的胡言乱语，中方代表说：

在美国，你们美国人什么算犯罪你们可以定；在中国，中国人什么算犯罪得我们自己定！

与此同时，中方仍然在尽力查抄和打击音像制品盗版，甚至轰轰隆隆地出动压路机。

然而美国人说，这还不够，要关掉盗版源头：工厂。美国代表特别盯上投资了 4000 万美元生产音像制品的深菲公司。

深菲是中国与荷兰的合资企业，得知美国人要不客气，荷兰方面先行退出，留下了中国的国营企业。

中方代表说："你要查有实据。"

美方说："深菲必须关，其他工厂也要关。"

中方指出："只要达成协议，可以考虑深菲问题。"

美方说："只有关掉深菲，才可能达成协议。"

中方考虑先绕开焦点，于是，关掉了南京一家产品均为盗版的音像制品厂。关掉这家厂，既表示了中方的诚意，又关掉的是一家中美合资厂。

1994 年 10 月 25 日，新华社发表特约评论员文章，题为《坚持中美知识产权谅解备忘录的基本原则》。

文章指出，保护知识产权是一项重要的法律制度。在世界经济步入国际化的今天，保护知识产权不仅涉及一国的法律制度，而且是国际合作与交流的环境和条件。中美双方经过长期磋商，达成了谅解备忘录。

文章还指出：

> 由于我国建立知识产权制度历史不长，全社会知识产权保护的意识比较薄弱，保障各项知识产权法律的贯彻实施，任务还很艰巨。

正因为如此，今年 7 月国务院发布了《关于进一步加强知识产权保护工作的决定》，召开了全国知识产权保护工作电话会议，对全国知识产权执法检查作出部署。国务院建立了知识产权办公会议制度，负责知识产权工作的宏观管理和协调指导。

全国主要省市也已建立了相应的协调指导机构或工作会议制度，研究制定切实可行的工作计划，严肃查处违法侵权行为，并已取得了显著成效。

12 月 22 日下午，外交部发言人陈健在每周例行的记者招待会上，就中美知识产权谈判和中国"复关"谈判等问题回答记者的提问。

有一位记者问："中方对中美知识产权谈判中断有何评论？"

陈健回答说：

在这一轮谈判磋商中，中方提出了有利于解决问题的积极方案，但美方要价却层层加码，提出了一些远远超出知识产权范围的苛刻要求，在谈判进行过程中，美方主要谈判代表又不辞而别，致使谈判中断。对此，中方表示极大遗憾。

保护知识产权是我国一贯坚持的立场和政策。中国已在完善知识产权法制和加强知识产权法律、法规的有效实施上做了大量工作，并将继续做出努力。必须指出，中方愿意通过平等磋商解决中美在知识产权上存在的问题，但决不会屈服于外来的压力和威胁。

在这次谈判过程中，美方代表仍然固执己见，对中方传达出的信息不予以回应。这样，中美贸易关系该何去何从，全世界的目光都聚焦在了这个问题上。

三、 中方拿下双赢战

● 沈国放强调指出："中美知识产权谈判的大门是继续敞开的，以制裁相威胁是完全不能接受的。"

● 外经贸部发言人指出："美国提出的报复清单是中国政府绝对不能接受的。"

● 吴仪在复函中强调："维护和发展中美正常的经贸关系符合两国的根本利益。"

中方拟定反报复措施清单

1994 年 12 月底，中美双方关于知识产权的谈判依旧没有取得任何会谈成果。

由于中美双方的差距很大，在 1994 年所举行的几轮谈判中，双方在调查案所涉及的问题上，没有达成任何协议。

12 月 29 日，外交部发言人沈国放举行记者招待会，沈国放在回答记者提问时强调指出：

中美知识产权谈判的大门是继续敞开的，以制裁相威胁是完全不能接受的。

有记者问："鉴于中美两国未能在知识产权谈判中达成协议，美方扬言将对中国进行贸易制裁，你对此有何评论？"

沈国放说：

近年来，中国在知识产权保护方面取得显著进展，不仅制定了具有世界水平的知识产权法律制度，也采取了一系列重大措施，加强知识产权法律的执行。对美国所关心的一些具体

问题，中国已派调查组进行过调查，并对有关
企业和市场进行过整顿和清理。谈判的大门是
继续敞开的，但必须是在相互尊重、平等协商
的基础上解决双方在知识产权方面存在的问题，
以制裁相威胁是完全不能接受的。

让人失望的是，美方并没有采取继续谈判的措施，
而是选择了不辞而别，致使谈判中断。

当时，关注谈判进程的中国老百姓从报纸、电视中
获悉美国代表不辞而别，都感到异常愤怒。

中国得知，美国要公布报复清单。于是，中方研究
反报复清单。

12 月 31 日，美国贸易代表宣布，由于谈判涉及了复
杂而繁难的问题，需要更多的时间，因而将作出制裁与
否决定的时间延期至 1995 年 2 月 4 日。

当天，美国贸易代表还就拟议的决定，即依据贸易
法第三〇一条进行贸易制裁的可能性和制裁的措施，向
公众征求意见。

根据有关材料，美国贸易代表公布了一个价值达 28
亿美元的贸易报复清单，涉及中国的电子、玩具、鞋、
箱包、发电机、自行车和手表等产品。

12 月 31 日夜，美国贸易代表坎特公布 28 亿美元的
对华贸易报复征求意见清单。

美方称中国如果不能在规定的时间之前满足美国的

要求，美国将对中国出口美国的电子、发电机、自行车、鞋、玩具等商品征收 100% 的关税。

不到 1 个小时，中国的反报复清单公布。美国方面感到异常吃惊。过去美国公布个单子，中国没有个把星期作不出反应，这次动作如此迅速，美国人感到了压力。压力在于，中国领导层态度坚决。

针对美方所公布的拟定性贸易报复措施，中国对外贸易与经济合作部依据《中华人民共和国对外贸易法》，也在 1994 年 12 月 31 日发布了一个公告，初步拟定了反报复措施的清单，并征求各界意见。

公告说：

> 鉴于美国贸易代表办公室不顾我国在保护知识产权方面所做的重大努力，单方面公布拟对我国出口美国的电子、玩具、鞋、箱包、发电机、自行车、手表等价值 28 亿美元的产品实施贸易报复，将使我国对外贸易蒙受重大损失，根据《中华人民共和国对外贸易法》第七条的规定"任何国家或者地区在贸易方面对中华人民共和国采取歧视性的禁止、限制或者其他类似措施的，中华人民共和国可以根据实际情况对该国家或者地区采取相应的措施"，对于美国的贸易报复措施，中国将不得不采取如下反报复措施。

中方计划采取的保护措施有以下几点：

一、对于进口产于美国的各种游戏机、游戏卡、录音带、激光唱盘、烟、酒、化妆品加征100%关税；

二、暂停进口产于美国的电影片、电视片及其录像、激光视盘；

三、暂停与美国音像制品协会、国际知识产权联盟、商业软件联盟的贸易合作关系；

四、暂停受理美国音像制品制造公司在华设立分支机构或办事处的申请；

五、暂停受理对美国化学、药品制造商根据我国《化学、药品行政保护条例》所提出的申请；

六、暂停与美国公司正在进行的大型汽车合资项目的谈判；

七、暂停受理美国公司及所属子公司在华设立投资公司的申请。

公告说，上述措施拟于美国正式执行对中国出口报复时生效。公布以上初步反报复清单意在广泛征求各界人士的意见和有关建议，公告确定的征求意见的最后期限为1995年1月31日。

外经贸部发言人严正表明中方立场

1994 年 12 月 31 日，中国对外经济贸易部发言人对美方贸易代表团的不合作态度发表讲话。

发言人称，中美知识产权谈判破裂的责任完全在美方，中国希望美国政府立即纠正由此而对华实施贸易报复的错误做法。

当天，美国贸易代表办公室公布了对华贸易报复清单。外经贸部发言人就此向记者发表谈话指出：

美方这一做法是不顾中国在保护知识产权方面所取得的重大进展以及中国政府在双边磋商中表现出的诚意和灵活性的行为。美国提出的报复清单是中国政府绝对不能接受的。

发言人说：

尊重知识、尊重人才是中国的基本国策，中国政府一直十分重视保护知识产权，这不但符合外国知识产权所有者的利益，也是中国科技进步和经济发展的利益所在。因此，中国自改革开放以来已经相继制定并颁布了《商标法》、《专利法》、《著作权法》、《反不正当竞争法》等具有国际水平的保护知识产权的法律、法规，并加入了《保护工业产权巴黎公约》、《国际商标注册马德里协定》、《世界版权公约》、《保护文学和艺术作品伯尔尼公约》、《专利合作条约》和《保护音像制品制作者防止未经许可复制其录音制品公约》等国际公约、条约。

发言人接着说，中国用短短 10 多年时间，完成了一些发达国家通常需要几十年甚至上百年才能完成的立法路程，建立了比较完整的知识产权保护体系。为了有效地实施这些公约和法律，中国政府也在不断地加强执法体系，通过司法和行政两种途径坚决打击侵犯知识产权的违法行为。

此外，中国政府还分别与美国、欧盟、日本等国家签订了双边保护知识产权的谅解备忘录，中国政府一直在认真履行备忘录中承诺的义务。

当年，中国在保护知识产权上又加大了力度，除全国人大常委会通过了《关于惩治著作权犯罪的决定》外，还建立了协调全国保护知识产权工作的机构：国务院知识产权办公会议以及地方办公会议。

国务院先后发布了《进一步加强知识产权工作的决定》和《音像制品管理条例》，最高人民法院发布了《加强知识产权审判工作的通知》，国务院七部委也曾联

合发出《关于加强激光唱盘、激光视盘复制管理的紧急通知》，海关总署还发布了《关于保护知识产权、制止侵权货物进出境临时措施的公告》。

发言人因此说："针对侵犯知识产权的行为，中国不断强化执法，净化市场，采取措施使侵权产品得到有效控制。"

他指出：

> 对中国在保护知识产权方面取得的举世公认的成就，美国方面视而不见，反而不断在中美知识产权谈判中提出一系列不合理要求，特别是不久前在北京进行的双边磋商中，对中国司法、立法横加干涉，要求中国限期修改《民事诉讼法》，缩短一审时间、降低诉讼费，限期中国法院要按美国要求作出司法解释，要求中国于1996年1月1日之前修改知识产权法律，比对发展中国家的要求提前4年达到关贸总协定乌拉圭回合达成的《与贸易有关的知识产权协议》的要求，甚至要求中国政府将查抄侵权产品的情况定期向美国政府报告，直到美国政府满意为止。

这位发言人说，在两国政府谈判中，美国代表团不断以贸易报复和影响中国"复关"相威胁，更有甚者，正当两国知识产权谈判进入关键时刻，美方主要谈判代表竟然不辞而别，单方面中断谈判并把达不成协议的责任强加给中方，从根本上违反了平等协商处理国家间事务的基本准则。

发言人强调：

　　大量的事实证明，中国政府对保护知识产权所采取的行动是严肃的，对中美知识产权谈判的态度是认真的、务实的、有诚意的。中美知识产权谈判破裂的责任完全在美国方面。

发言人说，鉴于美国政府不珍惜中美之间的经济贸易关系，不顾中国人民的强烈反对对中国采取贸易报复措施，根据《中华人民共和国对外贸易法》第七条的规定，中国政府不得不采取相应的措施，进行反报复。

发言人最后重申了中方的一贯立场：

　　中国绝不屈服于任何压力和制裁，我们希望美国政府以两国的大局为重，立即纠正对华贸易报复的错误做法，使两国关系在平等互利的基础上得到改善和发展。

外经贸部的发言，严正捍卫了中国的尊严。

中方把美方拉回到谈判桌上

1995 年 1 月 12 日下午，中国外交部发言人沈国放举行记者招待会。

在这次会上，沈国放就中美知识产权谈判问题回答记者的提问。

有记者问："你对中美重开知识产权谈判是否持乐观态度？"

沈国放镇定地回答说：

中美双方已初步商定将于 1 月 18 日至 20 日重开中美知识产权谈判。事实上，中方从未关上谈判的大门。我们认为，谈判应在平等互利、相互尊重主权和坚持平等协商解决两国之间贸易和经济纠纷的原则基础上进行。中方对保护知识产权的态度是坚决的，并愿为谈判达成协议做出自己的努力。我们希望美方也能表现出应有的诚意。

接着，有记者问："你是否认为中美间会发生一场贸易战？"

沈国放坦率地说，中国政府一贯重视中美关系，重视发展双边经贸合作。

他说：

　　我们愿意与美方共同努力，在尊重主权、尊重事实和平等互利的基础上，通过磋商来解决双方目前存在的贸易摩擦……我们希望美国政府以两国关系的大局为重，立即纠正对华贸易报复的错误做法，使中美经贸关系在平等互利的基础上继续得到改善和发展。

1月18日，中美知识产权谈判在北京恢复举行。这是1994年底两国相继公布贸易报复与反报复措施调查单以后的新一轮谈判。

谈判是秘密举行的，当时，外人并不知道谈判内容和谈判结果。

当时，一位参加谈判的中方官员对记者说，保护知识产权是中国实行经济体制改革、扩大对外开放的基本政策，中国在保护知识产权的立法和执法方面取得的成绩是举世公认的，并为不断提高知识产权的水平做出了不懈的努力。

他说，事实证明，国家间的知识产权问题只能在相互尊重主权、平等协商基础上，通过磋商解决。

1月26日下午，外交部发言人沈国放在北京发表谈话。

　　沈国放在每周一次的记者招待会上回答记者提出的中美知识产权谈判有何进展、是否有望达成协议等问题。

　　沈国放说：

　　　　中国愿意在相互尊重的基础上通过平等磋商解决中美在知识产权上存在的问题，但达成协议需双方共同做出努力。

　　他说中美知识产权谈判经过两天的休会后于 1 月 24 日恢复。双方就第一阶段谈判遗留的问题进行了认真、务实的讨论。目前，谈判仍在进行之中，双方均表示将继续工作，争取缩小并最终解决两国间存在的分歧。

　　这次谈判是从 18 日开始，22 日和 23 日休会，谈判共进行了 9 天。

　　1 月 28 日，中美知识产权谈判在北京结束，遗憾的是，双方仍然未能达成协议。

　　中方参加谈判的一位官员在谈判结束后对新华社记者说：

　　　　中方在这次谈判中做了最大的努力，也表现出了相当的灵活性，使得谈判取得了建设性的进展。但由于美方在谈判中要价不断升级，并且在谈判结束前还节外生枝地提出了许多远远超出知识产权范畴的问题，致使谈判未能达成一致。

这位发言人说，中国重视知识产权保护，重视发展中美经贸关系，不愿意看到双方间出现贸易大战。

但他接着说，如果美方执意对华进行贸易报复，那么，美国采取贸易报复之日，必将是中国对美进行反报复之时。

这位发言人说：

> 中国政府十分重视保护知识产权的工作。尊重知识、尊重人才是中国的一项基本国策。这不仅符合外国知识产权所有者的利益，也是中国科技进步和经济发展的利益所在……中国以往采取了一系列有力措施制止、打击侵权行为，并正在全面加强执法力度，为建立有序的社会主义市场经济体系进行不懈的努力。

发言人说，中国认为，妥善解决中美知识产权纠纷问题，将为两国经贸关系的改善和发展创造良好的气氛和条件，从而有助于两国贸易和经济技术合作的进一步发展。同其他双边贸易问题一样，知识产权问题也只能通过平等协商、相互尊重、互谅互让的方式加以解决。

他表示，中国不愿意看到双方在磋商期间使用贸易报复手段。任何对华贸易报复行动都将引起相应的反报复措施，中方将根据美方公布的报复清单实施中国根据公众意见确定的反报复清单。

这位发言人最后惋惜地说：

> 我们希望美方重新考虑其在中美知识产权问题上的立场。我们仍希望双方继续采取积极的方式，通过平等、友好协商尽早解决中美知识产权争议。

可想而知，中美恢复谈判后，双方在关于音像盗版、电脑软件等问题上仍然存在分歧，致使无法达成相关的协议。

在此情况之下，中国再次表现出极大的诚意。一方面，中国采取积极有效的打击侵权的措施，如关闭一些工厂，销毁一批侵权产品，查抄销售侵权产品的零售商等。另一方面，又承诺实施现有的知识产权法律，制止侵权，保护公民和企业的创造性。

在各种因素的促使下，中美在北京再次重开谈判。

吴仪复函坎特同意谈判

1995 年 1 月 24 日，美国贸易代表就拟定的贸易制裁措施举行公众听证会。

2 月 4 日，美国贸易代表依据贸易法第三〇四条确定，在涉及知识产权保护和知识产权市场准入方面，中国的某些法律、政策和做法是不合理的和歧视性的，已经对美国的商业造成了负担或限制。

美国贸易代表还确定，依据贸易法第三〇一条 b 款和 c 款，适当的回应措施是对来自中国的为消费目的而出入仓库的某些产品，按价加收 100% 的关税。

该制裁措施将于 1995 年 2 月 26 日起实施。这一次所确定的报复性关税的价值是 10.8 亿美元，也是美国政府历来采取的最大规模的贸易报复。

列入报复清单的中国商品包括：各式塑胶制品，4.65 亿美元；电话、录音机及无线电话，1.08 亿美元；体育用品，0.78 亿美元；木制品，0.7 亿美元；自行车，0.65 亿美元；其他项目有糖果、蘑菇、柠檬酸、大型塑胶带、杂物袋、非硬橡胶医学手套、皮衣箱、行李箱、木制小雕像、邀请卡、丝手套、露指及连指手套、手帕、橡胶及塑料鞋。贵金属制的首饰、不锈钢厨具、铜器、某些手表、非家用金属家具、非电子灯具、滑浪板及其他体育器材和钓鱼竿。

在美国贸易代表公布对中国的贸易制裁决定和制裁措施的当天，中国外经贸部的发言人指出，中国对美国单方面宣布的对华贸易报复表示极大的遗憾和强烈的不满，并要求美国放弃在知识产权问题上的错误立场，从中美大局出发，同中方一道，采取积极和建设性的态度，通过认真磋商，谋求问题的妥善解决。

为了回击美国的贸易报复措施，中国外经贸部在美国公布制裁措施的当天，也即1995年2月4日，以公告的形式公布了"中华人民共和国对美利坚合众国的贸易反报复清单"。

公告内容与1994年12月31日对外经济贸易合作部公告基本一致。公告所列举的措施，将于当年2月26日，即美国对中国出口产品贸易报复措施生效时生效。

一时间，中美之间剑拔弩张，贸易战似有难免之势。这种局面，不仅令中美工商界人士忧心忡忡，也引起了世界舆论的极大关注。

一旦贸易战爆发，中国的某些产品将会被迫退出美国市场，使中国遭受巨大的贸易损失。同时，中国所实施的反贸易报复措施，也会使美国产业界失去中国的市场。中美之间爆发贸易战，将对双方造成损失；但中美之间若能达成解决问题的协议，则会造成双赢的局面。

当天，美国贸易代表坎特大使致信中国外经贸部部长吴仪，邀请中国派团去华盛顿恢复谈判并建议2月13

日进行两国知识产权磋商。

2月5日，吴仪复函坎特大使，同意美方建议并提出在北京举行磋商。

吴仪在复函中强调：

维护和发展中美正常的经贸关系符合两国的根本利益，两国间在经贸方面的分歧应该也只能在相互尊重的基础上通过平等协商加以解决，以贸易报复相威胁是无济于事的。

当时，外经贸部新闻发言人对新华社记者说：

在下周举行的新一轮磋商中，中方将一如既往地以务实的态度对待谈判，希望能得到美方的积极响应，以便尽早解决双方关于知识产权的纠纷，从而使两国经贸关系得以顺利发展。

中美关于知识产权的谈判引起全球华人的高度关注，2月5日，《澳门日报》发表题为《中美贸易战不可避免吗?》的文章，呼吁美国放弃傲慢态度，与中国重开谈判。

文章说：

美国政府4日宣布对中国实施贸易报复的

清单，中国随即宣布对美国报复措施作出反报复。中美贸易战已如剑出鞘，箭上弦，一触即发。能否在最危险的时刻化凶为吉，已成为各方关注的焦点。

文章指出：

美国要放弃傲慢态度，放弃漫天要价，收回超越知识产权范畴的无理要求，尊重平等协商原则。如能循此路前进，中美知识产权谈判仍有达成协议的可能。

2月8日，中国外经贸部新闻发言人表示，希望美方在下周于北京恢复举行的中美知识产权磋商中表现出灵活性，放弃其不合理要求，以便通过积极的建设性会谈，使谈判取得进展。

中美代表在北京进行磋商

1995年2月9日，外交部发言人陈健在北京召开记者招待会。

在这次会上，陈健表示，希望中美双方能妥善解决在知识产权问题上的分歧。目前的关键是美国要放弃不合理的要求。

陈健说：

中国政府十分重视保护知识产权。尊重知识、尊重人才是中国的一项基本国策，这不仅符合外国知识产权所有者的利益，也是中国科技进步和经济发展的利益所在。

他说：

中国在过去10多年的时间里做了大量卓有成效的工作，走过了一些发达国家几十年甚至上百年才完成的立法路程，建立起了比较完整的知识产权保护法律体系。中国在保护知识产权的立法和执法方面取得的成就是有目共睹的。

中方拿下双赢战

陈健接着指出：

美方在谈判中提出的一些要求超出了双边贸易关系协定乃至多边协定规定的要求，有的连发达国家包括美国都没有能做到，这显然是毫无道理的。目前的关键是美国要放弃不合理的要求。只要双方采取务实和建设性的态度，在相互尊重、平等互利、互谅互让的基础上通过认真磋商，问题是可以得到妥善解决的。

2月14日，中美两国谈判代表将于第二天在北京就知识产权问题举行新一轮磋商。这是双方自1994年6月以来进行的第九轮磋商。

当天，外经贸部的一位官员表示：

中方希望，美方在新一轮磋商中表现出灵活性，从而使双方通过平等协商和积极的、建设性的工作消除分歧，尽早达成一致，促进中美经贸关系的健康发展。

2月15日，中美两国谈判代表在北京就知识产权保护问题开始新一轮磋商，双方均表示愿以务实的态度进行磋商。

中方参加谈判的一位代表透露，今天的磋商开始时，双方代表都表示愿以积极务实的态度进行谈判，努力消除分歧，以便通过平等协商尽早达成双方都能接受的协议。

2月19日，新华社记者从外经贸部获悉，自15日以来中美双方就知识产权问题进行了建设性磋商，并取得了进展。磋商将于下周继续进行。

外经贸部孙振宇副部长已邀请美国贸易副代表巴舍夫斯基下周来京共同主持下阶段的磋商。

2月23日，外交部发言人陈健在每周一次的记者招待会上表示，中国希望中美知识产权谈判取得成功。

有记者问："中美前一段知识产权磋商取得了什么成果？新一轮磋商的中心问题是什么？中方对此轮磋商有何期望？"

陈健说：

自本月15日以来，中美双方就知识产权问题进行了建设性的磋商，并取得了进展。新一轮磋商目前正在进行，由中国外经贸部副部长孙振宇同美国贸易副代表巴舍夫斯基共同主持。

他说：

我们希望谈判取得成功，希望中美双方能在此轮磋商中在平等协商的基础上，通过积极

的、建设性的工作，消除分歧，尽早达成一致，使这一问题得到妥善解决，以促进中美关系，特别是经贸关系的健康发展。

2月25日，中美两国代表在北京继续就知识产权问题进行磋商。

参加磋商的一位中方代表说：

这一轮磋商开始以来，双方代表均表现出了认真务实的精神，并在若干方面达成共识。

他说，中美双方代表将继续进行磋商。

中美达成知识产权协议

1995 年 2 月 26 日，中美两国代表在北京就知识产权问题达成协议。从而使双方避免了一场贸易战，也结束了中美关于知识产权问题长达 20 个月的磋商。

经过双方紧张、务实和灵活的协商，双方终于达成协议。协议采用了双方换文的方式，并以有效保护及实施知识产权的行动计划作为附件。

协议达成后，双方代表于当晚草签了两国政府换函及附件协议。

外经贸部副部长孙振宇和美国贸易副代表巴舍夫斯基共同草签两国政府换函。

外经贸部部长吴仪出席草签仪式。

草签仪式后，吴仪对记者说，协议的达成是中美双方共同采取务实态度的结果，是一件值得庆贺的事。

吴仪说：

> 一年多来，社会各界都在注视着中美知识产权磋商，并期待着双方通过平等磋商达成协议，应该说，这是一场关系到中美经贸关系乃至两国关系大局的非常重要的谈判。

她说，中国政府一贯重视保护知识产权的工作，这不仅符合国内外知识产权所有者的利益，更是中国科技进步和经济发展的利益所在，因此，无论与美方是否有协议，中方都将认真做好知识产权保护工作。

吴仪表示，中国政府将继续不断地加强执法体系，加大执法力度，通过司法和行政两种途径坚决打击侵犯知识产权的违法行为。

吴仪认为，中美两国共同的长远的经济贸易利益是双方最终达成协议的最重要的基础。

吴仪接着说：

中国政府一向十分重视发展中美贸易和双边经济技术合作，并希望这种关系建立在长远和坚实的基础之上……近几年来，中美贸易的迅速发展是令人鼓舞的，其发展速度之快和规模之大是有目共睹的，这是中美经贸关系发展的主流。

吴仪说：

中美两国在经贸方面虽然还存在着一些摩擦和纠纷，但这些问题和障碍都是可以通过平等磋商得到解决的。过去的经验和今天关于知识产权协议的达成都证明了这一点。

她表示，希望今天达成的协议成为中美经贸关系继续发展的一个新的转折点，中国希望中美双方共同努力，不断排除各种非贸易因素的干扰，充分发挥中美经贸关系的内在潜力。

　　吴仪相信，中国经济持续、快速和健康发展以及日益改善的保护知识产权的良好环境必将给中美企业界带来更多更有利的贸易与投资机会。

　　巴舍夫斯基在草签仪式后发表谈话时说：

　　　　双方通过谈判达成这一历史性协议的过程证明，只要双方不断地努力，了解彼此的立场，就能取得巨大成功。

　　当天，美国贸易代表宣布，由于中美两国就知识产权保护和有关的市场准入达成了协议，终止对中国的"特别三〇一条款"的调查和对中国实施贸易制裁的命令，取消对中国的"重点外国"的确定。

　　与此同时，美国贸易代表又宣布把中国置于贸易法第三〇六条款的监督之下，以确保中国真正实施已经达成的协议。

吴仪正式在协议上签字

1995 年 3 月 11 日晚上，对外经贸部部长吴仪和来访的美国贸易代表坎特大使在北京分别代表本国政府正式签署双方关于知识产权的协议。

当晚，外经贸部副部长孙振宇和美国贸易副代表巴舍夫斯基共同草签了这一协议。

吴仪在签字仪式后对记者说：

中美知识产权协议的签署说明只要双方本着相互尊重和平等磋商的精神，两国经贸领域存在的任何矛盾都是可以得到解决的。

她说，她相信新协议将会成为中美经贸继续发展的新的转折点，希望双方通过进一步努力，排除非贸易因素的干扰，使两国经贸关系能够保持长期、稳定的发展。

坎特大使在讲话中赞扬中方代表在谈判中的努力和创造性。他说，今天签署的协议是个好的协议，因为双方都是赢家。

他说，协议的签署展示了一种充满希望的迹象：只要美中双方共同努力就能克服分歧。

坎特应吴仪邀请率总统使命代表团于 10 日抵达北

京。吴仪和坎特将于第二天就中美经贸关系的一系列问题举行广泛的会谈，内容涉及中国"复关"和成为世界贸易组织的创始成员问题、贸易平衡问题和中美市场准入谅解备忘录的执行情况等。

吴仪说，她期待着明天与坎特大使举行友好的会谈，并希望会谈取得好结果。

3 月 12 日上午，吴仪同坎特大使再次举行会谈，这次会谈是中美双方在签订知识产权协议后的第一次会晤，因此，会议气氛显得十分轻松。

美国驻华大使芮效俭和外经贸部部长助理龙永图等参加了会谈。

在当天的会谈中，吴仪首先对坎特大使首次访华表示欢迎。她说：

> 大使的访问是在中美关系处于承前启后、微妙而关键的时刻进行的，双方面临着稳定和改善经贸关系以及整个双边关系的良好机遇，但也面对着一些问题和困难。

吴仪接着说，中国重视坎特的访问，相信访问将有助于增进大使本人对中国的了解，从而使他作为美国贸易代表能够在处理双边经贸关系问题时制定出更加符合实际的政策。因此访问将对中美经贸关系发展产生积极作用。

坎特赞同吴仪对两国关系的评价。他说：

> 建立一个良好的、强有力的和巩固的美中
> 关系，符合两国利益。

在会谈中，双方还对昨天正式签署中美知识产权协议表示高兴，并认为这一协议将有利于双边经贸关系的进一步发展。

此外，双方还同意在恢复中国复关谈判时立即开始关于增值电讯和保险业问题的磋商。

双方在中国复关并成为世界贸易组织创始成员以及市场准入谅解备忘录的执行等其他双边经贸问题上达成了广泛的一致。

会谈结束后，双方会见中外记者。吴仪称，这次会谈"是艰难的，但也是友好的，富有成果的"。

坎特表示，美国政府支持中国成为世界贸易组织的创始成员，并且他本人愿意亲自参与中国的复关谈判。

坎特说：

> 美国认识到美中关系的重要性，在中国复
> 关的各项谈判中，美方愿意采取积极务实、灵
> 活的态度，并同意在乌拉圭回合协议的基础上，
> 实事求是地处理中国的发展中国家地位问题。

吴仪说：

　　中方充分考虑到坎特大使在中国复关问题上所表现出的积极态度，同意在 3 月 31 日前解决取消暂停履行市场准入备忘录的决定问题。

吴仪还说：

　　自这一备忘录签署以来，中方进行了大量努力，履行有关义务，美方也曾表示对中方执行备忘录情况基本满意，但遗憾的是，美方却一直未能履行其在备忘录中关于"坚定支持中国复关"这一最重要的承诺，中方后来暂停执行备忘录，完全是美方去年底在中国复关关键时刻带头阻挠的结果。

　　吴仪与坎特的会谈，使好转的中美贸易关系，又向前迈进了一大步。

● 中方拿下双赢战

中方积极履行协议义务

1995 年 11 月 30 日，外交部发言人沈国放在北京举行记者招待会。

在这次会上，有记者问："美国贸易副代表巴舍夫斯基在美国国会称，如果中国在三个月内在执行中美知识产权协议方面不能取得进展，美方将对中方采取决定性行动。你对此有何评论？"

沈国放回答说：

保护知识产权是中国的一项基本国策。自中美签署保护知识产权协议以来，中方严格执行协议，采取了一系列重大措施，加大执法力度，依法严惩侵犯知识产权的行为，在协议执行方面取得了显著进展。我们认为，中美在保护知识产权方面应加强积极的合作，以确保有关协议得到全面执行。如果动辄以报复行动相威胁，不仅不利于协议的执行，而且将损害中美经贸关系，这是中方完全不能接受的。

1995 年 3 月 11 日，中国对外贸易经济合作部部长吴仪和美国贸易代表坎特分别代表本国政府在中美知识产权协议上签字。

从此之后，中方开始积极履行协议中的义务。

1995 年的中美知识产权协议由双方的部长换文和作为附件的《有效保护及实施知识产权的行动计划》构成。一般称之为中美关于知识产权保护的第二个谅解备忘录。

双方的部长换文，主要是中国外经贸部部长吴仪致美国贸易代表坎特的信件，然后由美国贸易代表坎特予以确认。部长换文主要有以下几个内容：

第一，换文再次确认，两国政府承诺充分而有效地保护和实施知识产权，并将此种保护和实施提供给对方的国民。就中国方面来说，有关的行动已经表明了通过司法和行政程序有效实施知识产权的进展和决心。中国已经建立了专门的知识产权法庭，以受理有关的侵权案件。法院可以依据《民事诉讼法》和《刑事诉讼法》，采取各种措施，如诉讼前的财产保全、责令赔偿，来处理知识产权侵权案件。中国的最高人民法院已经发布通知，指示各级法院尽快审理有关知识产权的案件，包括涉及外国权利人的案件。在对侵权人的刑事诉讼方面，检察机关正在积极地侦查刑事侵权案件。

第二，换文确认，作为附件的国务院知识产权办公会议执法行动计划将立即实施。行动计划不但加强了已经开始的实施工作，而且将建立一个长期实施机制，以积极执行该行动计划。

换文确认，中国有关部门最近已采取有效行动保护知识产权。在中国政府的行动计划中，有关努力将被加强。在 1995 年 7 月 1 日之前，将完成对于涉嫌生产侵权产品的所有生产线的调查。曾有侵权行为的工厂将受到处罚，所有侵权复制品将被扣留、没收和销毁，所有直接和主要用于生产侵权产品的材料和工具将被扣留、没收和销毁。营业执照和许可证将被吊销。

第三，换文确认，中国发展经济和进一步开放市场的决定，增进了合作和受知识产权保护产品的贸易。中国最近批准国际唱片业联盟建立代表处，并将审查电影版权认证实体和其他版权实体的待批申请。中国确认对音像制品和出版取得进口将不实行配额、进口许可要求或其他限制，不论是正式的或非正式的。

中国将允许美国个人和实体在中国与中国实体建立生产、复制音像制品的合资企业。允许这些合资企业与中国出版单位订立合同，在全中国发行、销售、演示和放映音像制品。中国将允许立即在上海、广州及其他主要城市设立这种合资企业，并将逐步扩大，到 2000 年达到 13 个城市。中国也允许美国个人和实体建立计算机软件的合资企业，允许该合资企业在中国生产和销售该合资企业的计算机软件产品。中国将继续允许美国个人和实体与中国实体订立电影产品收入分成的安排。

第四，换文确认，美国将就知识产权的保护和实施向中国提供援助，主要由美国海关、司法部和专利商标局来实施。

美国海关将向中国提供合作性的互惠援助，包括：由美国海关职员在中国培训中国负责知识产权执法的海关官员；为协助知识产权的实施，向中国海关提供双方同意的有关技术设备；如何通过实物检查、文件的认证和实验室检验来辨别侵犯知识产权的商品，并帮助建立一个知识产权中央纪录体系。

美国专利商标局帮助培训中国人员，其中包括为从事驰名商标认证的人员提供培训和文件，介绍成立行政上诉机制。

第五，换文确认，中美两国将要求各自的公共实体，在其电脑系统中不使用未经授权的计算机软件复制品，只使用合法计算机软件。将提供足够的经费使他们能够获得经过授权的计算机软件。

第六，换文确认，从 1995 年 6 月 1 日开始，中美两国将就知识产权的执法活动，每季度交换一次信息。自 1996 年 1 月 1 日起的两年内，每年交换两次。此后的交流安排，由双方另行商定。

根据信息交换的要求，中国将提供在全国范围内保护美国国民知识产权的情况，中美合资企业的知识产权执法情况，被查处的机构、侵权产品、机器、工具的价值和处理情况，以及起诉。行政裁决和法院判决的统计。在相同的时间表内，美国将向中国提供海关没收侵权货物的金额、按知识产权类型没收的侵权货物的价值、按商品分类没收的中国侵权货物的价值和统计数字。美国

113

还将提供中国产品在美国受侵权的信息和统计数字。

此外，就影响换文和附件条款操作或实施的任何事项，中美双方将应任何一方政府的要求及时磋商。两国政府还同意，就行动计划的执行情况及有效性，第一年每季度磋商一次，第二年和第三年每半年磋商一次。此后的磋商安排将另行约定。

第七，美国立即取消对中国的"重点外国"的确定，终止对中国的"特别三〇一条款"的调查，并撤销美国贸易代表于 1995 年 2 月 4 日发布的对中国产品加征高额关税的命令。

关于中美之间的第二个知识产权谅解备忘录，美国贸易代表 1995 年度的国家贸易评估报告也有一个简要概括。报告说：

> 2 月 26 日的知识产权实施协议，使中国承诺采取有效措施，大幅度降低知识产权侵权，尤其是对版权、商标和专利的侵权。更重要的是，就长远来说，中国将建立一个新的知识产权实施体系，并对音像产品、计算机软件和书籍、期刊开放市场。

由此看来，中美之间的第二个知识产权协议，基本满足了美方在谈判中的要求，即建立执法队伍以打击侵权、加强知识产权执法体制和对知识产权产品开放市场。

在中美第二个知识产权谅解备忘录中，作为部长换函附件的《有效保护及实施知识产权的行动计划》是一个重要的组成部分。

《行动计划》具体列举了中国在知识产权保护方面应当采取的行动和措施。主要有以下几个方面的内容：

其中，"特别执法期"指出，自1995年1月1日起，中国已经开始实施"特别执法期"。自3月1日至8月31日的6个月里，中国将进一步加强打击侵权的力度，增加调查次数和执法活动的次数，重点追查侵犯版权、商标和专利的大案要案，以实质性减少侵权活动。在此期间，中国将集中打击音像制品和计算机软件方面的大规模侵权活动。在商标侵权方面，将重点查处假冒驰名商标的大案要案。至8月31日时，如果某些地区的知识产权侵权行为还没有实质性减少，则"特别执法期"应当延长到有效控制时。如果某些地区的侵权活动已经实质性减少，"特别执法期"可于8月31日以前结束。

"特别执法计划"指出，在音像制品、计算机软件、书籍等出版物和商标方面，《行动计划》确立了一个具体的执法计划。实施这个执法计划，既是短期的，也是长期的。《特别执法计划》主要涉及音像制品和计算机软件。按照计划，在1995年7月1日以前，中国将取缔所有CD、LD和CD－ROM工厂中的侵权活动。被确认为从事侵权活动的工厂将受到处罚，收缴和没收侵权产品，并依据权利人所受到的损失支付赔偿金。

关于"商标",《行动计划》指出,在中国的外国公司为了实施和许可其商标权,可以直接向工商行政管理部门办理,而不必通过指定的商标代理机构实施其权利;拓宽驰名商标的定义,即一个商标是否驰名,其判定依据是商标所有人所在国相关领域中的公众知晓程度和在中国的知晓程度;为了海关及其他机关执法的目的,当权利人向商标局或海关提出确认驰名商标的请求时,商标局应在收到申请后的 30 天内作出决定,确认其商标是否为驰名商标。

对驰名商标的保护,除了已经注册和使用该商标的产品和服务外,还将及于其他的产品和服务。未注册驰名商标所有人可以实施自己的权利,以对抗侵权和假冒。如果他人已经注册了其驰名商标,驰名商标所有人可以在五年内要求撤销他人的注册。如果他人是恶意注册,则没有时间的限制。

关于"海关执法",根据《行动计划》,中国将严格保护知识产权,尤其是商标和享有版权的作品。其中,海关和边境执法是重要的一环。中国海关将于 1995 年 7 月 1 日颁布保护知识产权进出境的新法规,于 1995 年 10 月 1 日实施。在此之前,海关将依据现行的法律,进一步努力在边境保护 CD、LD 和 CD - ROM,以及商标。

协议签订以后,中国政府颁布了知识产权海关保护等一系列条例,成立了特别执法队,严厉打击了各地侵权行为,特别是侵权的源头,清理整顿了音像制品和计算机软件市场，关闭了侵权盗版的工厂。

所有这些都表明了中国政府保护知识产权的决心和认真履行中美两国协议规定的实际行动。

美国也承认，中国已经建立了全国范围的知识产权执行体系，其中包括执行机构和警方。知识产权审判庭审理的有关外国权利持有人的案件也取得了很好的效果。中国已经开始清理零售市场，采取了4000多次行动，销毁了200万张盗版CD以及成千上万的盗版书籍、磁带和其他产品。

中美知识产权谈判的成功，对两国来说都是巨大的胜利，符合两国人民的最大利益。它一方面保护了美国的工业产权和就业机会，另一方面也有助于中国吸引投资，使包括美国在内的世界各国对中国商业环境的信心大增，从而促进中美之间和中国同其他国家之间的经贸关系。

知识产权协议有利于保护各国在中国的利益，有利于吸引更多的外资。协议实施后，美国电子游戏机、计算机和其软件、磁带、激光唱片等企业的在华利益得到了保护，他们就会在公平竞争的条件下，投入更多的资金在中国设厂和生产，充分利用中国的劳动力资源和潜在的市场。新的协议不仅对中美之间有影响，对于欧洲联盟成员国和日本等国也有影响，当时，他们已经正式向中国政府提出请求，要求分享中美知识产权谈判成果。对此中国很难拒绝他们的请求。因此他们也将加大在中

● 中方拿下双赢战

117

国的投资。

　　由于知识产权得到了保护，更有利于中国为适应现代化建设的需要从美国、欧盟和日本等国家进口更多的技术和设备，同时也将促使中国投入更多的资金进行技术研究和开发，在引进、消化和创新的基础上大力发展自己的工业，发展知识密集型产品，以满足国内建设和发展的需要。

　　中美知识产权问题已达成协议，它将对中国加入世界贸易组织有很大的帮助。

　　因此，新协议将改善中国加入世界贸易组织的谈判气候，为中国加入该组织铺平道路。

本书主要参考资料

《国史全鉴》本书编委会编 团结出版社

《共和国五十年珍贵档案》中央档案馆编 中国档案
　　出版社

《战后美国外交史》资中筠著 世界知识出版社

《中华人民共和国外交史》裴坚章主编 世界知识出
　　版社

《当代中国外交》韩念龙主编 中国社会科学出版社

《转变中的中美日关系》张蕴岭主编 中国社会科学
　　出版社

《即将到来的美中冲突》（美）理查德·伯恩斯坦
　　罗斯·芒罗著 隋丽君等译 新华出版社

《中美关系史》陶文钊著 上海人民出版社

《特别三〇一条款与中美知识产权争端》李明德著
　　社会科学文献出版社